新赤落ち

塀の中に
落とされた
俳優の独白

大辻慎吾

創開出版社

目次

エッセイ

詩

はじめに

この本は、平成二十一（二〇〇九）年一月二十五日に発刊した『赤落ち』を加筆修正して刊行したものです。

私は十七歳の時に、北海道釧路からボストンバック一つとお握り三つと夢だけを持って、着の身着のまま上京し、苦労の末俳優となり、大女優清川虹子さん、渡瀬恒彦さんはじめ数多くの方々の力添えを受けて一人前の俳優になりました。

昭和五十（一九七五）年に東映に所属し、人気ドラマの「大都会」「非情のライセンス」「西部警察」をはじめ、数々のテレビ、映画、舞台に出演し、俳優としての人生を着々と歩んでおりました。

ところが、役者生命はあっけなく断たれてしまいます。

これからだという昭和五十六（一九八一）年、あろうことか強姦致傷罪で逮捕されてしまいます。

この事件に関しては、本書で詳しく述べました。

釧路の最果てから十七歳で上京し、一時は成功したかのように思えたことが、無残にも打ち砕かれました。芸能界という華やかな世界から一瞬で地獄に突き落とされたのです。

役者として生きる権利を奪われ、傍から見れば不遇とも思える人生を送ることになります。

バカな男の半生を書き残すのは、多くの世話になった方々のご恩を忘れない為です。

そして、今悩み苦しんでいる方が本書を手にされた時に、何らかの道標となり、少しでも参考になり役立つことがあれば、望外の喜びです。

突然の出来事

昭和五十六（一九八一）年九月十日午前六時。

村田さんの家の前に一台の車が静かに止まり、眼光鋭い三人の屈強の男が降りてきました。中の一人がチャイムを鳴らし、大辻慎吾こと堀部一雄が家にいるだろうと、近所に聞こえるような声で怒鳴っていました。村田さんが怪訝そうな顔でドア開けると、二人の男が靴も抜かずに家の中に入りこんできました。

私の目の前に逮捕状を突きつけ、「渋谷警察署のものだ。堀部一雄だな。お前には強姦致傷の被害届が出ているから、ここで逮捕する」と言い、私に手錠をかけ、パトカーに強引に乗せたのです。

「ただいま容疑者確保！」無線で話す刑事の得意そうな声が今でも耳に残っています。

その時、私は三十六歳でした。

第一章　独白

かっちゃん

私が生まれ育ったところは貧しい北の漁港です。港の近くに行けば、あちこちで魚の生臭い匂いがする貧乏な町でした。私が育った頃は、それでも漁業はまだ盛んで、内地から流れ者が多くて、夜になるとあちこちの酒場で罵声が聞こえ、けんかで血まみれの死人が出ても別に誰も驚かないような荒んだ町だったのです。ご多分に漏れず、私の家も貧しかった。電気もなく、ランプでの生活が高校三年まで続きました。

実父はそんな北の漁業で船乗りをしておりましたが、私が六歳の一月四日の「港祭り」の最中に凍死しました。酒を飲み過ぎて、そのまま外で眠ってしまったのか、それとも喧嘩でもして置き去りにされたのかは分かりませんが、それからしばらくして、母は炭鉱で働く男と暮らしていました。

後に義父となるその男は、荒くれた流れ者が集まる炭鉱で働いているほどでしたから、かなりの乱暴者でした。

実父の葬儀の時のことを私は一生忘れません。何が気にくわなかったのか、位牌を持って出席した私に腹を立て、「なんで一雄が位牌を持つんだ！」と言って、母の頭を下駄で殴りつけ、さらにはまだ六歳の私を裸にして、雪の降る表に放り出したのです。その時の冷たさ、凍るような感覚だけは、今でもこの肌にしっかりと刻み込まれ、一生忘れることはできません。

私が位牌を持つことが気にくわなかったのでしょうか。今となってはその理由を聞くすべもありません。

そんなことを平気でする男でしたから、義理の父はあまり働かず、よく母ともめていました。

当然、家は貧乏を極め、私は修学旅行にも行けず、悔しい思いをしました。しかし、そんな状況の中でも、母はいつも私を可愛がってくれました。私は母を「かあちゃん」ならぬ「かっちゃん」と呼びますが、「かっちゃん」を頼りに少年時代を生き抜き、そのたびごとに母から教えられたことが、今の私の生きる糧になっていることを誇らしく思っています。

こんなこと言うと、信じてもらえないかもしれませんけれど、私は小学校一年生から学校には満足に行ったことがありません。

町から町へ行商し、生活の手助けをしていたのです。片道だけの電車賃をかっちゃんから貰い、カニとタコを持って行商し、得た金をかっちゃんに渡し、毎日の生活を支えていました。お恥ずかしい話です。

「こんにちは。カニとタコを持ってきました。買ってもらえませんか」こうやって一軒一軒回って声を掛けます。

「いらないよ」「いらない」行く先々で断られ続けると、帰りの電車賃が無いので不安になり、途方にくれます。中には「買ってあげるよ。寒いから牛乳を温めてあげるから飲んでいきな」と優しく接してくれる人もいて、人の情けに触れることも出来ました。

かっちゃんに子供ができて、修学旅行用に蓄えたわずかな金をその出産費用に回したことがありました。かわいい弟や妹のためだと思えば何でもなかったのですが、さすがに友達が修学旅行に出かける朝は、正直、辛かったです。はしゃいでいる友達の後ろ姿を家の横の桜の木の陰から見送って、涙が止まらなかった覚えがあります。

コロ

また、こんなこともありました。

ある雪が舞う寒い日のこと。珍しく機嫌がいい義理の父が、

「おい。今日はすき焼きにしよう」と、言いました。

そして、流しの下から一升瓶の空瓶を取り出し、

「一雄、これで焼酎を買ってくるんだ。それからネギも忘れるな」と言うのです。

かっちゃんも、これにはとても喜び、私は空の一升瓶を抱きかかえるようにして、雪の中を走り出したのです。こんな寒い日に暖かいすき焼きを、しかも家族団らんで食べられるなんて、生まれて初めてのことだったのです。

準備が着々とできていたのでしょう。私が戻ってきて雪を払い、玄関を開けると、それはそれはたまらなくいい匂いが家中に漂っていました。

「とっちゃん、はい！」

私が一升瓶を差し出すと、義父はすぐに湯呑茶碗に焼酎を注ぎ、うまそうに飲み始めました。

母は台所でネギを切りながら、

「一雄、今日はお腹いっぱい肉を食べるんだよ。とっちゃんが手に入れてきてくれたんだからね」と言い、切ったネギを笊《ざる》に入れ、笊の中から一掴み、鍋の中に入れました。私はむさぼるように肉にかぶりつき、あっという間に平らげてしまいました。これまでこんなおいしい物を食べたことはありませんでした。

その頃、私はコロという犬を飼っていました。

「とっちゃん、コロにもすき焼きを食わしてやりてえなぁ」私がそう言うと、義父は、「いいとも食わしてやれ」と、珍しく優しい言葉が返ってきました。

私は鍋の底についた肉のカスを皿に入れ、コロの小屋に行き、「コロ、コロ、肉だぞ」と呼びましたが、出てきません。中をのぞいてみましたが、コロの姿は見当たりません。

「かっちゃん、コロがいないけど、どうしたんだ」

「昼頃には、一雄を探す声がしていたけどな…」

かっちゃんも首をかしげていました。すると酒に酔った義父がそばに来て、突然「アハハハ…」と笑い出し、こう言ったのです。

「バカものども、よく聞けよ。一雄、コロはな、お前の腹の中にいるよ。お前はコロの肉をうまい、うまいと言って食ったんだ」

かっちゃんは、みるみる顔が青ざめ、唖然として言葉がありません。私は、知らぬとはいえ、昨日まで可愛がっていたコロを食べてしまった事実を覆すことができず、自分の情けなさに愕然としました。可愛がっていた子犬を家族に食べさせる残虐さに言葉を失い、幼い私はどうすることも出来ませんでした。

残虐非道の義父を父と思えなくなった瞬間でした。

上京

そんな家庭に育った私もなんとか中学を卒業すると、定時制の高校に入りました。その頃から、私は「このままではいけない」という気持ちが芽生えてきたのです。怠け者の義父にいつも殴られているばかりの母。そしてまだ小さい弟や妹のために自分が頑張らなければならないと思ったのです。

そんな時、映画会社のオーディションの報せを目にしたのです。私の夢は、警察官か学校の先生になることでしたが、学校も満足に行けない私がなれるはずもありません。しかし、今の自分が選べる世界があるとすれば、芸能界しかないと思えたのです。

笑わないでやってください。

今思えば、なんとも安易な発想でしかありませんが、とにかくその時の私には一家を支えるお金が欲しくてたまらなかったのです。芸能界ならうまくやれば家族を幸せにできる。母を楽にさせられる。ただ、その一念で私は上京を決意したのです。

昭和三十六（一九六一）年末。十七歳になった私は、馬鹿の一つ覚えとでも言いましょうか、ただ一つ抱いた夢を叶えるべく上京することになりました。

いよいよ故郷を発つ朝、母は私に大きめのおにぎりを三個差し出した後、「一雄、失敗したらいつでもいいから帰ってくるんだよ。体に気をつけてな」と、目に一杯の涙を浮かべながら、私の手を握ってくれました。その涙もやがて頬を伝い始めた時、こんなことを言ってくれたことを今でもよく覚えています。
「一雄、これまでお前は、かっちゃんや弟妹のために働くばかりで勉強もできなかった。ごめんね、一雄。でも、今日からは、お前自身のために頑張れや。かっちゃんのことなんかなんも考えんでえぇ。うちのことは私が頑張るから、お前は自分のことで頑張れや。命がけで頑張れば、きっといつか花が咲くよ。一雄きっときっと咲くからね。それまで頑張るんだよ。私は母と別れ、駅に向かい、上野行きの切符を手に列車に乗り込みました。列車が走りだしました。私は一番後ろのデッキに立って、ただ涙を流していました。なぜなら、家の前を通るからです。母の姿が見えました。手を振り走りながら大きな声で何か叫んでいましたが、あっという間に列車は母の前を通り過ぎて行きました。母の声は私にはこう聞こえました。「内地で死ぬんじゃないよ。無理するんじゃないよ」でも、母はただひたすら「一雄、一雄」と叫んでいたのかもしれません。

函館で青函連絡船に乗った時も、私は船の一番後ろに乗りました。いよいよ津軽海峡を渡るのです。この海峡を渡ると、もう成功しない限り北海道には戻れません。

「蛍の光」が鳴り始めました。私の胸ははちきれんばかりに泣いていました。俳優になる夢を抱いているはずの私は、その時、ただの一人ぼっちの少年になっていたのでした。

「かっちゃん、かっちゃん」

函館港がかすんで見えなくなるまで、私は心の中で叫んでいました。

そして、ようやく心の荒波が収まった頃、遠い昔の母の姿が浮かんできました。

あれは、年の瀬も押し詰まった十二月二十七日のことでした。

よほど食べたかったのでしょう。妹が近所の家からみかんを盗んで食べていたところを見つかってしまったのです。

知らない男の人が訪ねて来ました。その時、お袋は私たちに何も言わず、男の耳打ちに小さく頷いて、二人で家の外に出て行き、しばらく戻ってきませんでした。

「一雄、お前が見たことは絶対に人に言うな。どちらが先に死んでも」そう言った後、母は私の手を握り、アイヌ民謡の『ピリカ』という歌を歌いだしました。

♪ピリカ ピリカ タントシリ ピリカ　イナンクル ピリカ　♪

（きょうは　よい日だよ　よい子がいるよ　その子は　だれよ）

この歌は、アイヌの神話をもとにした歌です。私も知らず知らず、母の言葉に合わせて歌っていました。

母は男からもらったお金で、大晦日にみかんをたくさん買い、妹に食べさせ、他人の家に盗みに入ってはいけないと諭しました。


連絡船のデッキに立ちながら、さまざまな思い出が脳裏に浮かんでは消えていきました。

気がつくと、そこはもう、青森港でした。その時の私の一番の財産は、家を出る時に母が首にかけてくれた「へその緒」と、新品の腹巻でした。

三個のお握りは、ずっと食べずに持っていました。お握りには、母の愛情が詰まっていると思っていたので、それを食べてしまうと母との絆が無くなってしまうと思い、食べられなかったのです。

しかし、何も食べずにいた私は空腹に耐えられず、青森から汽車に乗る時に初めて一個を口にしました。余分なお金はほとんど持っていなかったので、夜行列車の便所の中で水を飲みながら食べました。

二個目は、上野駅到着十五分前のアナウンスを聞きながら食べました。最後の一個は、上野に着いて、近辺の旅館に落ち着いてから食べようと最初から決めていました。

いよいよ東京です。胸は高鳴りましたが、どうしても思い浮かぶのは故郷です。これからどうやってみんなは食べていくのだろうか。家族を置き去りにして出てきてしまった悔恨の気持ちが消えることはありませんでした。

そんなことはおかまいなく、汽車は上野駅のホームに滑りこんでいきました。

お水の世界

上野駅にたどり着いた私は、とりあえず旅館を探し、荷物を置いたのですが、お金を簡単に使うわけにはいきません。その日の夕食は、最後のおにぎり一個で済ませ、寝ることにしました。

そこで驚いたのは、旅館の布団のふかぶかとした感触と、ゆったりとした風呂でした。

北海道での実家は、屋根の藁ぶきのようなものを筵《むしろ》でくるんだ敷布団で、しかも穴だらけでしたし、風呂はドラム缶の五右衛門風呂だったからです。

こんな布団に一度でいいから母や弟、妹たちを寝かせてあげたい。煙が目にしみない風呂に入れてあげたい……。その時の私の気持は、まさにそれでした。

しかし、やがて、不安と恐怖が一気に私を襲ってきました。明日からは、もうこんなぜいたくはできないからです。しかも、もう後戻りもできません。なんとしても、この誰も知り合いのいない大東京で、生き残らなければならないからです。

翌日、映画会社のオーディション会場に着いた私は、愕然としました。

それまでまったく意識していなかった「訛り」を審査員から指摘されたからです。体がすくむ思いでした。

北海道訛りでしか会話ができない男が、俳優なんかできるわけありません。まさに私は、演歌の「やん衆かもめ」でした。

当時の芸能界では、訛りは致命傷だったのです。

合否は北海道の実家に知らせてもらうことにして、会場を後にした私がすることといったら、今夜のねぐらを確保することでした。

帰り際、一枚のチラシを手にしました。それは、浅草国際劇場での北島三郎ショーのチラシでした。北島三郎さんと言えば、北海道出身の大スター歌手。私はどうしても、舞台が観たくなりました。持ち金を計算してみると、なんとかなりそうです。

私は勇気をふるって、浅草に向かい、フットライトに照らされた北島三郎さんを観、歌を聞き、心が震えるような思いをしました。

道は違うけれど、私もいつの日か「銀幕のスターとして輝いてみせるぞ」と、心に誓ったことを今でもよく覚えています。

帰り際に浅草で食べたカレーライスに肉が入っていたのも驚きでした。北海道では、肉ではなくタコが入っていたからです。

しかし、そんなぜいたくをしてしまったため、その日のうちに所持金が底をつき、東京での衣食住の場所を探すために、私は浅草の町をうろついていました。

すると、求人広告のポスターが目に入りました。私は、さっそく面接に行き、
採用されたい一心で、「どんな仕事でもやります」と、大声で繰り返したのです。

その気迫に根負けしたのか、「錦糸町のキャバレーのボーイなら、今晩から働けるよ」と係員が言ってくれたのです。

さすがに寝るところまでは用意してくれません。結局、寝るところは閉店後の店のボックスで、食事は自費、ということ話がつきました。

キャバレーは、映画のシーンのようでした。フルバンドの演奏が鳴り響き、百人以上のホステスさんたちがきらびやかな衣装で、お客さんの接待をしています。

「これが東京か」私はまるで夢でも見ているような思いでした。

こうして、私のボーイ生活が始まったのです。

私は早速、故郷で心配している母にハガキを書きました。

前略
かっちゃん、元気ですか。

オーディションの結果がそちらに届いていますか。たぶん、ダメだったと思います。でも、錦糸町のキャバレーでボーイとして働いていますから、心配しないでください。働いてお金が入ったら、かっちゃんに送ります。

弟妹も元気ですか。

しばらくここで働きますので、返事はキャバレー宛にしてください。

かっちゃん、また手紙を書きます。元気でね。

草々

母からすぐに返事がきました。案の定、そのなかにオーデション不採用のハガキも含まれていたことは言うまでもありません。母はしきりに、私の体のことを心配していました。

母の心配は当たりました。生活環境の激変で、私はフラフラになってしまったのです。しかし、金がないために病院にも行けず、店の倉庫で何日か横になっていたものの、一向によくならず、日増しに弱っていくのが自分でもわかりました。

（ああ、野良猫はこうやって死んでいくんだ…）そんなことを思いながら、私はただだ横になってはうつらうつらしていたのです。

薄暗い裸電球の下で、ネズミが時々私のそばに来て、チュウチュウと話しかけます。私は、そのネズミが母に思えました。

（かっちゃん……ダメだ、ごめんね、かっちゃん……）

朦朧とした意識のなかで、私はネズミにつぶやいた覚えがあります。

出逢い

「これで食事でもしなさい」

そんな私に、お金を恵んでくれた一人のホステスさんがいました。

その人の店での名前は、洋子。年は二十八歳でした。一週間前から私が倉庫で寝ていたため、洋子さんは私が店を辞めたかと思ったそうです。

同僚から、「あのボーイさんが体調を崩し、倉庫で寝ている」と聞き、仕事の合間に、わざわざ倉庫に来てくれたのです。

「あなた、このままでは死んでしまうわよ」

洋子さんにそう言われて、自分の体がいかにひどい状態であるか、よくわかりました。

「ボーイさん、歩ける?歩けるんだったら、十二時に店が終わるから錦糸町公園まで来て。来れそう?」

「はい」

私はうなずくのが精一杯でした。ヨレヨレになりながら、小さなバッグに身の回りのものを入れ、キャバレーの倉庫を後にしました。

どうやって公園まで行ったのか、記憶にありません。私を抱きかかえるようにしてタクシーに乗せてくれたことだけ、かすかに覚えています。

気がついた時には、白衣を着た人たちに囲まれ、洋子さんが事情を説明している声がかすかに聞こえました。洋子さんが私を倉庫に訪ね、救いの手を差しのべてくれなれていなかったら、間違いなく、私は死んでいたでしょう。

洋子さん、本当にありがとう。洋子さんは、私の女神でした。

新しい仕事

洋子さんのやさしさに甘え、私は彼女が世話をしてくれた旅館で体を治すことに専念しました。

洋子さんは、なぜどこの馬の骨ともわからない私にそんなに親切にしてくれたのでしょう。これはあとでわかったことですが、私と会う数年前に洋子さんの婚約者が事故死したそうです。相手はある映画会社に所属するニューフェイスで、まさにこれから売り出そうという時の悲劇でした。

このことが洋子さんの人生を狂わせ、いつの間にか、キャバレーで働くようになってしまったようです。

もう少し詳しく言えば、私と会った時は、新たな恋人から結婚を申し込まれ、洋子さんは、悩んでいた頃だったのです。

一週間後の夜中の三時頃、突然、洋子さんは病室にやってきて、私の顔を見ると、涙を流し始めました。

「心配しないで。旅館と病院の支払いは終わったから」

「すみません、元気になったら働いて必ず返しますから」

「いいのよ。私は悪い女なの。また、男を騙してお金をもらってきちゃった」

（こんな時分のために…）

洋子さんの顔が母と重なりました。

翌日から私は旅館を出て、洋子さんの家に移り、洋子さんの家族から隠れるように住み始めました。

一週間が経ち、体力も回復した私は洋子さんから小遣いをもらって、生まれて初めての町に出かけました。そこで、レストランのボーイ募集のビラを見つけ、なんとか寮と食事付きの仕事を得ると、早速、板橋に帰り、洋子さんに報告しました。

これでようやく自立のための第一歩を踏み出すことができたのです。恩人である洋子さんはその後もレストランに来てくれたり、ご家族を紹介してくれたり、何かと面倒をみてくれました。

一カ月後、初めての給料で洋子さんに借りたお金を返そうとしたのですが、

「元気でやっていればいいのよ」と言うだけで、受け取ってはもらえませんでした。

それでお金の代わりに、私は洋子さんとご家族をレストランにご招待したいとお願いし、わずかではあるけれど、ようやく、ほんの少し恩返しができたのでした。

食事後、「一雄さん、今夜うちに来ない？」と、洋子さんの家に招待されました。

命の恩人に誘われて断るはずもありません。

初体験

その夜、洋子さんは私を抱いてくれました。

初めて女性を知った私は、洋子さんの肌の温かさ柔らかさに無我夢中で抱きつきました。セックスの歓びを知った十八歳の私は、毎晩毎夜、洋子さんを求め、情を交わしました。

こうして瞬く間に半年が過ぎた頃、洋子さんのお腹に新しい生命が宿りました。「一雄さんの子よ」と告げられ、ハンマーで頭が殴られたような衝撃を受けました。

セックスをすれば子供ができることを頭では分かっていても、いざ現実を突きつけられるとうろたえたのです。が、洋子さんが打ち明けた時、彼女とお腹の子はどんなことがあっても守っていこうと固く決意しました。

しかし、洋子さんはとんでもないことを言い出したのです。

「私が育てます。でも、このことは誰にも言わないで。私を命の恩人だと思うなら、それだけは絶対に約束して。いいわね。これは堀部一雄と私の人生をかけた一生の秘密です。私も墓場までこのことは話しません。もし、一雄さんが話したら、私、あなたを殺しますよ」

「一雄さん、私はいま結婚を申し込まれている人と結婚します。市役所に勤めているとてもいい人です。考えに考えた結論ですから、あなたは私のことを忘れて、俳優になる夢だけ追いかけてね」

洋子さんは心の底から私を愛してくれたのです。役者になる私の夢を妨げないために、足手まといにならないよう洋子さんは精一杯の後押しをしてくれたのです。洋子さんのその気持ちが痛いほど判るだけに何と答えていいのか、言葉が見つかりませんでした。

板橋から池袋に戻る途中、私の心は大波のように揺れました。やがて、雨が強く、私の体を叩きはじめました。

（子供を他人に押しつけて、自分は役者になろうとしている。こんなことで役者になれるわけがない！）

のちに、それは役者人生そのものに対する天罰となって現れたのですが、その時の私には知る由もなかったのです。

最後に洋子さんと会った時、私は給料袋の封を切らずに、オーディション用の写真と、母からお守りがわりにもらったへその緒を一緒に渡しました。

お金は受け取ってもらえませんでしたが、これが私のせめての誠意でした。

そして、それが洋子さんとの永遠の別れになってしまったのです。

別れ

何年かして、北海道の母のところに、洋子さんと娘が写っている小学校の入学式で撮った写真が届きました。

その便箋には「いま、私と娘は幸せです」と書かれた手紙が入っていました。

しかし、その封筒には住所は書かれていませんでした。

それから十数年が経ち、私が俳優として自信を持ちはじめた頃、また母のもとに一通の手紙が届きました。

そこには、こんな内容が書かれていたのです。

生前に母から、自分が死んだら北海道のおばさんに連絡するようにと頼まれていましたので、この手紙は私が書きました。

お母さんは、四十六歳で他界しました。

北海道の母からの知らせで洋子さんの死を知り、私が彼女に助けられた「命の火」を思い出しました。洋子さんは、母を通して、娘の入学式や自分の死を私に伝えてくれたのです。

今でも鏡に映る私の顔は、犯罪者の顔であり、見ればみるほど「お前は、けだもの以下だ！」と叫ぶ声が聞こえてきます。そのたびに、それをかき消す如く、私は天井の壁が突き抜けるような大声で、「洋子さん、洋子さん」と叫ぶのです。

と同時に、会ったことがなく、どこで生活しているのかは分からない我が娘のことを、幸せでいて欲しいと心から祈るのです。

昭和五十五（一九八〇）年　江頭洋子没　享年四十六歳。

第二章　三代目襲名

新劇の研究生

洋子さんと別れた後、何度か受けた映画会社のオーディションでも、やはり、方言の壁があり、最終審査まで行っても不合格が続きました。

現在の芸能界では、方言を売り物にしている人もいますが、当時、方言はマイナスのイメージでしかなかったのです。いまのように胸が大きいだけで簡単に俳優になれる時代ではなく、厳正なテストで選ばれ、合格すれば、俳優の基礎を徹底的に叩き込まれる時代だったのです。

そんなこともあって、映画会社に入る前に、新劇の舞台を勉強しようと思い始めました。私は、どんなに時間がかかろうと、まず訛りを直し、演劇の基礎をしっかり身につけようと、ある劇団の門を叩きました。

その劇団の名は「名田演劇ゼミナール」と言い、大学生やアナウンサー志望の若い男女が研究生でした。場所は、下高井戸だったと思います。

講師も一流の方でした。元ＮＨＫのディレクター和田勉さん、映画監督の篠田正浩さん、文学座の演出家木村光一さん。いまにして思えば、雲の上の人の指導を受けられたのですから、豪華な二年間でした。

私は、そのゼミナールに週四日通う生活を送ったのです。

レストランのボーイの仕事を続けながらでしたが、こんな私でも、自然に演劇青年になっていきました。

その頃の楽しみと言えば、当時、職場に近い池袋東口にあったジャズ喫茶「ドラム」に行くことでした。北海道では見ることのできない歌手の方たちが出演していました。あのドリフターズも、そこで演奏しているのを聞きました。

演劇ゼミナールでのあっという間の二年間が過ぎていきました。その頃、ようやく私の心にわずかな自信が芽生え、俳優人生の一歩が歩み出せるような気がしてきたのです。

私は本当は映画会社に入りたかったのですが、たまたま演劇ゼミの代表が当時、飛ぶ鳥を落とす勢いの俳優、中村錦之助の兄、小川三喜雄さん（歌舞伎俳優として初代・中村獅童を名乗る。のち、プロデューサーとなる。二〇〇八年没）と親しかった関係で、三喜雄さんが主宰する小川企画に入社することになったのです。

昭和四十一（一九六六）年五月、私がまだ二十一歳の時でした。

運命

小川三喜雄さんに初めてお会いした時にいただいた助言を、私はいまでもよく覚えています。

「役者人生を歩く時は、どんなに時間がかかっても、芸能界の裏表をしっかりと見ることが大事です」

つまり、チャンスが来るまで、小川企画のデスク仕事をしながら、勉強しろという意味だったのでしょう。私は朝九時から夜の七時まで、電話番から先輩俳優に台本を届けたり、何から何まで一生懸命やりました。

それがよかったのでしょうか。その間に、私はその後の人生を左右する運命的な三人の方に出会ったのです。

二代目大辻司郎さん、女優・清川虹子さん、そしてそのマネージャーの宮田光彌さんでした。

特に、二代目大辻司郎さんは、私のことを気に入ってくださり、事務所に来るたびに励ましの言葉をかけてくれ、台本を自宅にお届けすると小遣いをくれたり、時には、洋服をプレゼントしてくれたり、食事に連れて行ってもくれました。

当時、大辻さんはテレビで『赤いダイヤ』（一九六三年九月十六日からＴＢＳで放映）というドラマの主役を張り、脚光を浴びていました。

父が漫談家で一世を風靡した大辻司郎さんで、大辻さんは早稲田大学を卒業後、新派の名優・伊志井寛さんの弟子になり、大映に入社した若手俳優で、私と知り合ったその頃が全盛期でした。

その大辻さんがどういうわけか、私を気に入ってくれ、私の将来まで心配してくれていたのです。

そして、ある日、大辻さんは私を呼び出し、銀座に食事に連れて行ってくれましたが、その時、「堀部、俺の弟子にならないか」とまで言ってくれたのです。

私は、嬉しくて涙がこぼれそうでした。

でも、そうは簡単にいきません。まだ、私は小川企画に入ったばかりで、辞めるとなれば、せっかく世話してくれた演劇ゼミの名田さんの顔をつぶすことになるからです。

「もちろん、今すぐというわけにはいかない。だから、いまは我慢だ。いいか、人間、時にはチャンスをじっくり待つのも勉強だ。だから、誰からも仕事が来ない今が大事なんだ。いま、勉強しているヤツにはきっとチャンスが巡ってくる。仕事がないことは、逆にチャンスなんだぞ」

事務所に入れてもらったものの、役者らしい仕事をしていないため不安感で一杯の私の心をきっと見抜いていたのでしょう。

その時、大辻さんは、師匠の伊志井寛さんから教えられたことなども含め、様々なことを私に熱く話してくれたのです。

「それからな、堀部。人間、どんなに小さくてもいいから自分の城を持て。自分をじっくりと見つめなおしたり、次の作戦を立てたり、体を休めたりするための城だ。そこから、人生の関ヶ原に向かって出陣していくんだ」

私は早速、大辻さんに保証人になってもらい、池袋の小さなアパートを借りることができました。すると、大辻さんからお祝いの布団一式が届きました。

おにぎり三個で津軽海峡を渡ってきた人間が、生まれて初めて、東京のど真ん中に自分の城を持つことができたのです。

大辻さんの「困ったときは、いつでもいらっしゃい」と言ってくれたあの顔を私は一生忘れません。

その頃の小川企画の給料は、五千円でした。ところが、アパート代が同じ五千円でしたから、一銭も残りません。そこで私は、夜の八時から朝の八時までアルバイトをして、なんとか食いつないでいました。それを知った大辻さんがアパートまで食べ物を持ってきてくれました。

それでも、昼飯代に事欠いていたので、社長に相談して、事務所に炊飯器を買ってもらい、自炊をするようにしていました。すると、事務所の皆さんが見るに見かね、米やおかずを差し入れしてくれました。

せっかくの好意を無駄にしてはいけないと、皆さんの分まで昼食を作り、とても喜んでいただいたことを今でも懐かしく思い出します。

特に、清川虹子さんのマネージャーの宮田さんには、いつもおかず代という名目で余分にお金をいただき、そのたびに、

「堀部、がんばれよ。必ずチャンスは来るからな」と励ましていただきました。

当時の宮田さんは、清川さんのほかに岡崎二朗さん、梓英子さんなども担当しており、特に岡崎さんをかわいがっていたことを覚えています。岡崎さんにもお小遣いをいただいたり、梓英子さんから見たこともない素晴らしいセーターもいただきました。

また、宮田さんが私のこれまでの履歴や、いまの環境を清川さんに伝えてくださったのでしょう。時々、清川さんの家で食事やお風呂をいただいたこともありました。

ある日、新橋演舞場で芝居をしている大辻さんを訪ねて行った時のことです。私は楽屋を訪ねるなり、大辻さんにこう言ったのです。

「大辻さん、自分の役者になるという夢が、このままではどんどん遠のくようで、イライラして、どうにもならないんです。いつ、自分は役者になれるのですか」

と言うと、大辻さんは吸っていたタバコを取ると、あろうことか自分の手のひらにギュッと擦り付けたのです。手のひらの焼ける臭いがしました。その手のひらをしばらく見つめていた大辻さんは、驚いている私にこう言ったのです。

「いまの俺は、小川企画の所属だからすぐにお前を内弟子にはできない。それが芸能界の掟なんだよ」

　そして、焦げ付いた手のひらの一部を再び見つめ、低い声で続けました。

「どんな世界の人間だって、登り詰めたら落ちるんだよ。仕事もなくなることもあれば、病気になってダメになることもある。その時は、自殺という手も残されている。焦って、早く駆け上がると落ちるのも早い。特に、この世界はな、一度落ち目になったら、這い上がれない仕掛けになっているのさ。堀部、お前はまだ若い。焦っちゃダメだ。死ぬまで役者をやろうと思ったらな、山の裾野を広げておけ。裾野の広い山はな、登るのもゆっくり登れるし、下るのもゆっくりだ。堀部、少し旅に出たらどうだ。金は俺が出してやる」

大辻さんは、そう言って目の前で財布を出し、五万円くれたのです。私の十カ月分の給料です。

　そして、舞台のハネた後、アパートまで私を送ってくれたのでした。

　いま思うと、大辻さんも悩んでいることがあったのかもしれません。まだ若かったその当時の私は、生意気にも自分だけが悩んで生きていると思っていたので、大辻さんの気持はまったく理解していませんでした。

これも何かの運命だったかもしれません。

大辻さんの好意に甘え、私はお世話になった小川企画を辞め、旅に出たのでした。

荒れ狂う真っ暗な海で

旅先に選んだのは、やはり、北海道でした。

しかし、母のところに顔を出す勇気もなく、気がつけば根室の町にいました。ちょうど季節は三月、サケやアキアジの流し網漁の準備をしている漁師の姿を見て、やん衆かもめになる決心をし、漁師の世界に飛び込みました。

やん衆かもめって、よく歌に出てきますが、どういう意味か知らないでしょう。時代がどんなに変わっても、一本釣りにこだわって、男一本の仕事に生きる漁師のことです。

しかし、最初は何が何だかまったくわからず、まさにみんなの足でまとい。しかも、当時の先輩たちは皆、やくざ崩れというか、身体じゅうに刺青をしているような人たちで、言葉も態度も荒く、酒を飲めば暴力沙汰の日々でした。

そんな人たちの働くなか、新米の私を乗せた船は拿捕されるのを覚悟で、北方領土近くまで行くのです。睡眠時間は二時間足らず、その働く光景は、私には地獄絵図のように見えました。

十日くらいで、船が魚で満杯になると根室港に帰り、魚をおろし、燃料を入れ、再び出港する。そんな生活が三ヶ月続きました。

そんなある日のこと、船が猛烈な時化に遭い、私たちが乗っていた船の船底にドーンという音とともに、海水が入ってきたのです。その光景は、いまでも夢に見るほど恐ろしく、真っ暗な時化の海の上で、沈みゆく漁船の甲板に乗組員十人が揃い、大波のなか、全員、死を覚悟しました。

奇跡としか思えません。私たちは、まさに死の寸前のところで他の船に救助されたのです。

普通ならこの段階で私は漁師を辞めていたでしょう。でも、私はそれから二年間、やん衆かもめを続けました。自分の弱い心を鍛えるべく、遭難しかかった仲間たちと一緒に働いたのです。三年があっと言う間に経ちました。

私はやっと心が晴れ、何かが見えたような気がしました。自分は、真っ暗な海で命を救われた男だということに気づいたのです。

いったん死の淵まで行った人は強いと言われます。なぜなら、臨死体験をすることによって、死への恐怖感がなくなり、生きていることの大切さ、素晴らしさを知るからでしょう。

考えてみれば、私という人間は、最初は洋子さんに命を救われ、二度目は荒くれ漁師たちに魂を拾われたのです。もう、これ以上の人生体験はありません。死ぬ気になれば何でもできると言いますが、まさにあの時の私は、生きる喜びに溢れていたのです。

（今度こそ、まっしぐらに、役者の道を進もう！）

この時、私に本当の意味での役者として人生を生きていく決心が固まったのでした。

昭和四十四（一九六九）年、私が二十五歳の時でした。

司郎さんの自殺

その頃、私は月に一度、必ず大辻司郎さんに近況を知らせる手紙を出していました。

漁師を辞め、役者の道に進もうと決心したその日は、「これから大辻さんのところに戻ります」と力強い字で書き記しました。

すると、「俺も小川企画を辞めたので、お前を引き取ることができるから、戻って来い」という温かい返事が返ってきました。

私は根室のアキアジ一本をお土産に、大辻さんの家を訪ねました。

「堀部、俺もなあ、役者の原点に戻って、新しい事務所に所属した。だから、お前も俺と一緒に浮雲人生を……」

大辻さんはそう言って、市石プロダクションの市石社長を紹介してくれました。ここから、堀部一雄の役者人生がスタートしたのです。そして、社長と大辻さんが僕の芸名を考えてくれて、大辻慎吾という名前が誕生したのです。

所属してしばらくすると、初仕事が舞い込んできました。生まれて初めての俳優としての仕事は、東映映画でした。

大辻さんはとても喜んでくれ、撮影所にも顔を出し、自分の車で送り迎えまでしてくれたのです。台本も目を通し、

「俺のデビューの時より台詞が多いじゃんか」と笑っていましたが、急に真顔になり、私にこう伝えたのです。

「堀部、二つだけ約束をしてくれ。いいか、ひとつは役者人生を続ける限り、自分の家を買うな。買うと、ハングリー精神がなくなり、初心を忘れるからだ。昔の芸人は、長屋に住み、自分からは決して売り込みをせず、じっと仕事を待っていたんだ」

そう言えば、大辻さんも賃貸に住んでいました。

「二つ目は、肌着を着ないこと。それが私生活の心構えだから」

私は母からもらって以来、ずっと腹巻をしていたので、この話が出た車の中で、私はその大事にしていた腹巻をはずし、北海道の思い出に別れを告げたのでした。

すると、大辻さんは私の目をじっと見て、こう言ってくれました。

「何年もかかって、やっと、お前も役者の入口に立ったんだなぁ……」

撮影が終わると、家に招かれ、大辻さんお手製の料理をいただき、その日は朝が白むまで、役者について語り合いました。大辻さんにはこれまでに何人も弟子がいたでしょうが、こんなにかわいがってもらった弟子は、私だけかもしれません。こんな私にも、きっと心が通じ合う何かがあったのかもしれません。

大辻慎吾という名前までいただき、本当に幸せな男だと思いました。

特にこれといって仕事のない時、私は大辻さんの付き人をしたり、赤坂のクラブのボーイをしたりしながら、着実に役者の道を歩んでいました。

大辻さんも私のバイト先に顔を出してくれ、仕事が終わってドライブをしながら、

「俺もお前に負けないよう、もう一歩前に進もうと思ってるよ。安定は停滞の始まりだからな」と大変に意気込んでいました。

私も大辻さんに褒められようと、一生懸命仕事をし、モデルの分野にも進出し出した頃、大辻さんから「おふくろの家の家賃を持っていってくれ」と言われたのです。

これが、大辻さんと私の最後の会話でした。

昭和四十八年五月二十一日、大辻司郎さんは、ホテルオークラの一室で首つり自殺を遂げたのです。

知らせが事務所に入り、社長と私はよく事情がわからないまま、すでに遺体が安置されている寺に向かいました。

棺のなかの大辻さんと対面しました。

いまにも目を覚まし、話しかけてくるような気がしました。

実は、私にはいつかこうなるのではないかという予感がありました。なぜなら、社長が心配するくらい、大辻さんは暗く落ち込んでいたので、この日が来なければいいがと、思っていたからです。

考えてみれば、人間の死などあっけないものです。

大辻さんが、私に前にこう言ったことが浮かんできました。

「どんな世界の人間だって、昇りつめたら落ちるんだよ。仕事がなくなることもあるし、病気になってダメになる時もあるし、自殺という手もあるんだよ」

昭和四十八（一九七三）年　二代目大辻司郎　没享年四十二歳

野獣会　前後

京都撮影所

　大辻さんが亡くなったことを忘れようとしても、忘れられない辛い日々がしばらく続きました。

　市石社長もそうだったに違いありません。大辻さんのことを忘れようと、プロダクションを奥さんに任せ、自分は親しかったフランキー堺さんの事務所に移籍し、私にも一緒に来ないかと誘ってくれました。

　しかし、私はいままで通り、プロダクションに残ることにしました。自分の仕事が少しずつ軌道に乗り、多くの方々とお会いし、紹介も受け、ようやく顔が売れ始めたところなので、動かない方がいいと思ったからです。

　当時は、ピンク系の独立プロダクションの仕事が多く、予算が少ない現場では俳優兼助監督として働く仕事がとても楽しかった、というのも現状維持を決めた理由の一つかもしれません。

さらには、そのスタッフから目をかけていただき、当時、成長著しいテレビ界に紹介していただけたせいもあります。

特にフジテレビの中村竜央プロデューサーには、レポーターのような仕事をいただき、人気番組『三時に逢いましょう』の打ち上げパーティに呼んでいただいたりして、可愛がってもらいました。

さらに、東映の橋本慶一さんと出会い、後輩の武久芳三さんの企画作品に出演させていただいたり、橋本さんが担当していた京都撮影所で撮られていたテレビにも出してもらいました。

京都では、小川プロでお世話になった清川虹子さんとも顔を合わせ、「大辻慎吾君も、仕事で京都に来れるくらい、一人前の役者になってきたんだね」と、言ってくれました。これも、小川さんや宮田さんのおかげだと心から感謝しました。

また萬屋錦之介さんの後輩だという方の紹介で、生意気にも、京都に常宿を定めたので、のちに水戸黄門の「風車の矢七」役で名を馳せ、近年亡くなられた中谷一郎さんや、名女優菅井きんさんなどと同宿になり、特にお二人とは親しくしていただき、東京に戻ってからも何度か一緒に飲んだこともありました。

新宿ゴールデン街に菅井さんをお連れした時は、大変驚かれたようでした。中谷さんとは赤坂・六本木によく飲みに行き、私の家でもよく飲みました。

また京都では、ピラニア軍団の室田日出男さん、川谷拓三さんたちと朝まで飲み明かし、よく演技についての話などしたものです。しかし、そのたびに宿の女将さんに「慎吾ちゃん、よく体がもつわね」とからかわれたほどでした。

いまでも、京都の撮影所のことが走馬灯のように思い出されてなりません。

やがて、自分も三十代になり、テレビや映画の仕事が次々と入ってくると、思い切って独立プロ「野獣会」を作ることになりました。

大都会

その頃、たまたま新国劇が斜陽になり、団員の一人だった「むらせけんじ」が、私を訪ねてきて、弟子第一号となったのです。それから、次第に仲間が増えていきました。

仲間というか、弟分みたいなものです。

ところが、そうした弟子のひとりがある日、病気になってしまったのです。私は遊び歩いていたので、彼の入院の費用が出せません。困っていると、仕事が来ました。

それは、「誰も見られなかった日本人俳優ストリーキング第一号」、つまり、全裸で街を走り抜けるという仕事でした。それをやれば、入院費用が出る。私は敢然と挑戦しました。

裸で走ったんです。お恥ずかしいかぎりです。

銀座、六本木、麻布、赤坂、そしてなんと、山手線の電車のなかですっぽんぽんになり、猛烈な勢いで車内を走ったのです。

ところが、おかしなもんですね。

これで話題になったのかどうかわかりませんが、こんなことからも何かが起こるんです。なんでもやってみなければわからないものですね。

新宿座という映画館で映画の合間に、当時ピンクの女王と言われた谷ナオミさんとお芝居をすることになったのです。

もちろん、それはエロティックな男と女のからみあいの芝居です。裸で山手線を走った自分です。恥ずかしいなんてことはありませんでした。ただ、生のお客さんというか、お客さんの吐息や熱い視線を、私はこの時はじめて感じたのです。

谷ナオミさんって、ご存知ですか。ナオミさんは、こんな私にもとても親切にしてくださって、俳優として生きるためのとても大事なことを教えてくれました。

「いい、大辻さん、ファンはね、大切にしないといけないわよ。だって、お客さんは私が生理でも、下痢をしていても、一生懸命、芝居を見てくれ、納得してくれ、声援を送ってくれるのよ。自分のことを一流だと思っている役者さんは、私たちの芝居を馬鹿にするかもしれないけど、演じることには変わりがないわ。時には、私たちの舞台を見て、お客さんがトイレに駆け込み、オナニーをするかもしれない。そのお客さんを下品な人間だと思うかもしれないけど、お客さんを納得させ、満足させ、劇場から帰っていただくのが大衆演劇なのよ」

また、こんなことも言いました。

「役者というのは、どんな小さな劇場でも、どんな大劇場でも、生きている芝居をすれば、いつか花が咲くものよ。私にこの言葉を教えてくれたのは、渥美清さん。いつか大辻さんもこの経験が役に立つ日が来ると思うわよ」と。

私はただただ、頷くだけでした。

しばらくして、谷ナオミさんの話がウソでないことが証明されました。フジテレビの中村竜央さんから、「三代目大辻司郎」という芸名を襲名したらどうだろうという提言をいただきました。

さっそく私は事務所に相談しました。社長は「それはいい！」と大賛成してくれたのですが、私には亡き大辻さんが自分のためにつけてくれた「大辻慎吾」という名前を大事にしたいので、「三代目大辻慎吾」ではどうかと思い、霊媒師に占ってもらったところ、

「変死した二人の大辻司郎が背筋も凍る冷たさのなかでこの世に現れたが、どちらも何も言わなかった。ただ黙っていた」と、言われました。

私は、改めて清川虹子さんに相談しました。清川さんは、初代、二代目と親交があったので、相談に乗ってくださると思ったからです。

するると、清川さんは、きっぱりと、

「大辻司郎ではなく、大辻慎吾でいくべきです」と、言ってくれました。

また、清川さんは、石原プロの小林正彦さんを紹介してくださり、私は調布の石原プロを訪ねることができました。

「いま、うちの社は日本テレビで『大都会』という番組を始めたので……」と、説明を受け、俳優担当プロデューサーの小島克己さんとお会いできることになりました。小島さんは、渡哲也さんのマネージャーでもあり、キャスティング担当でもあったのです。

売れない俳優にとって、石原プロのキャスティング担当のプロデューサーと直接会えるなんて、こんなラッキーなことはありません。これもすべて、清川さんのおかげです。

清川さんのひと言で、あの石原プロの小林さんが、こんな私にチャンスをくださったのですから、いかに清川さんが大女優かよくわかることと思います。

そして……。いまでも忘れもしません。昭和五十一（一九七六）年一月二十日放送の『大都会』第三話「身代わり」に、私は出演できたのです。

夢のようなひと時でした。監督の村川透さんを紹介していただき、その後もよく面倒をみていただきました。

小島さんは、とにかく何ごとにも厳しく、さまざまなことを私にアドバイスしてくれ、役者としての私の欠点をズバッと指摘してくれました。

いま、「俺は俳優だったのだ」と、役者としての自分がからくも生きる支えになっているのは、あの時に、小島さんや清川さんがいてくれたからに他なりません。

以降、小島さんは、『大都会』からテレビ朝日の『西部警察』へと番組が移っても、こんな私を何回も何回も起用してくれたのです。

夢みたいです。俳優としてテレビに出られただけでなく、少しずつですが、私のファンも増えました。

そんな頃、東映のオールスター出演作品『沖縄ヤクザ戦争』に出演が決まりました。

　役柄としては、松方弘樹さんの子分で、思ったより重い役でした。感謝の気持ちを小島さんに伝えると、

「いいかい、撮影所に行ったらみんなに可愛がられるんだぞ。特に、渡瀬恒彦さんには必ず挨拶をしておけ」と、言われました。

　待ちに待った撮影初日、私は渡瀬さんを見つけると、飛ぶようにして近づき、渡瀬さんに挨拶すると、

「ああ、小島さんから連絡がありましたよ。こちらこそよろしく」と、丁寧な口調でお話ししてくれました。この一例でもわかるように、渡瀬さんは男気が篤く、義理堅く、また教養もある方でした。

　小島さんはじめ皆さん方のおかげで、私のテレビでの仕事が次第に増えていきました。

　そんな時、清川さんからあの江利チエミさんを紹介していただき、コマ劇場での舞台に出演させていただくことになったのです。

　はじめて上京した時に観た国際劇場の北島三郎ショーを、私はしみじみ思い出

しました。いつかこういうステージに上がってやるぞと、思っていたのが実現したのです。

江利チエミショーに私は、出演させていただいたのですが、一回目は大部屋だったのが、二回目からは二人部屋になり、これも全て宮田さんと清川さんの力があったからです。もちろんチエミさんの力も。

そんななか、宮田さんから私の将来を見据えて、「清川さんの付人として一カ月、役者魂の勉強をしてみないか」と言われました。

清川さんの公演時に間近から清川さんの演技を見、その魂に触れてみろ、ということでした。もちろん異論があるわけもありません。

こうして私は、大阪中座の舞台『ドハズレ一代』に付人として誠心誠意立ち向かったのです。案の定、清川さんの役者魂はすさまじいものでした。舞台の早変わりの時でも、下着一枚になり、「なにぐずぐずしてるのよ。私は女じゃない。役者よ」と言いながら、私に着替えを手伝わせるのです。

清川さんには女の弟子が二人いましたが、この時ばかりは私に芸の道を教えようと必死だったように思います。この体験も、一生、私は忘れません。

私も一生懸命務めましたが、この後、清川さんは私の母親代わりになってくれ、芸能界での私の支えになってくれました。

さらに、私は清川さんの好意に甘え、男の弟子をとらない清川さんに無理に頼んで、私の弟子のむらせけんじを預かっていただきました。

ちなみに、彼は、清川さんが亡くなる平成十四（二〇〇二）年五月二十四日まで二十数年間、清川さんの身の回りの世話を続けました。

また、銀座の三愛ビルの宣伝担当者を通して、当時全盛だった歌手橋幸夫さんのマネージャー、ワールドプロの山川豊さんに出会いました。

山川さんはいまでも伝説的なマネージャーで、私にとっては夢のような出会いでもありました。

この山川さんは、歌謡界では異色の方で、日本レコード大賞の際、猛烈な争いの結果、劣勢だった橋さんに大賞を取らせた、まさに敏腕マネージャーとして有名な方でした。

豪快で、そのくせ気配りに抜かりなく、酒が入れば決まって橋さんの『潮来笠』を歌うのです。それだけ、橋さん一筋に尽した方でもありました。

あまりにすさまじい生き方をされたために、山川さんはわずか四十一歳でお亡くなりになりました。

私が最後にお会いしたのは、お亡くなりになる三日前のことでした。鳥羽一郎さんと兄弟で人気になった歌手山川豊さんは、その名前を後世に残すべくつけられた芸名です。

生前、山川さんのご自宅で映画監督の森谷司郎さんともお会いできましたが、その際、酔った勢いで大変な無礼をしてしまったことがありました。

その時、一緒に行った先輩から

「慎吾、これからもいろいろな人と会うだろうけど、とにかく目上の人には上座に座ってもらうものだよ」と、注意されたことを覚えています。

後日、森谷監督、高倉健さん主演の『動乱』の撮影が東映撮影所で撮影が行われ、私は食堂で監督に会い、二ヶ月前の無礼を詫びました。すると、監督はにっこりと笑いながら、私に握手を求めてくれたのです。

そして、「次の作品に出演してもらうからね」と言ってくれたのです。

こんな無礼な男に……と思うと、涙が溢れそうになりました。森谷監督のその手のぬくもりも私は決して忘れません。

　この時期、レコーディングの話も舞い込んできました。お笑いになるかもしれませんが、本当の話です。歌のタイトルも決まっていました。A面が『バカな男の数え唄』、B面は「魂の女』と決まっていました。が、全てオクラ入りになりました。

　また、オフィス・ヘンミの逸見稔さんにも紹介されたのです。

　いまでも覚えていますが、頭の毛が短く、顔の真ん中にほくろがあり、大仏のように人の心を全て読めるような人だなあと、思ったのが第一印象です。

　逸見さんは、当時ＴＢＳのお化け番組『水戸黄門』、『大岡越前』を製作しており、逸見天皇と呼ばれていたことを覚えています。

　私はその頃、東映俳優センターに所属していたのですが、逸見さんからホリプロの姥貝さんを訪ねていくように言われました。あとは全て段取っておくからと言われ、私の胸は高鳴りました。大きなチャンスがまもなくまわってくるような気がしていたのです。

礼文島

こうして私が少し売れ出した頃、たまたま十日近い休みが取れる機会がありました。

義理の兄が礼文島で観光客相手の民芸品店を営んでいたので、久しぶりに再会すべく足を運んでみようと思い、出かけて行ったのです。

礼文島はとても素晴らしい所で、一週間ほど滞在しました。

その間に、私は、ある女子大生と知り合いました。

名前を森幸子と言いました。義兄の店で、数時間話しているうちに、何を感じとったのか、この私に、

「大辻さんと出会って、私、人生観が変わった。もう一度、自分の人生を見つめ直してみたい」と、言い出したのです。

彼女は富山の出身で、東京の三軒茶屋にアパートを借りて住んでいました。別れる時、彼女は自分の住所と電話番号を書き、「東京に帰ったら絶対、電話をし

てください」というメモを残して行きました。

　私も休暇を十分に楽しんだ後、義兄に礼を言い、まもなく東京に戻りました。帰京してまもなく、私は清川さんを訪ねました。

　清川さんは、私がどことなく浮かれていると思ったのでしょう。私の心を見透かしたかのように、こう言ったのです。

「あなたね、いまが一番大事な時なのよ。だから、これだけは覚えておいて。あなた、チヤホヤされていい気になっているけど、決して女にモテているんじゃないよ。女に遊ばれているんだよ。いい、この意味がわかれば、あなたの役者人生はきっと成功する。幸いにも、いまのところ、あなたは酒は飲むけれど、女性関係は噂が立っていない。だから、これからが大事なのよ」

　清川さんは「男はモテていると錯覚しているけど、女に遊ばれている」ということを何度も言うのです。

「薬もそうだけど、女性問題で芸能界を去っていった男は何人も知っています。決して女性は芸の肥やしなんかにならないわ。女は間違いなく男の足を引っ張りますからね」

たまたま清川さんの楽屋に遊びに来ていた若山富三郎さんも、こう言ってくれました。

「いいか、大辻君、俺の経験から言うと、男は基本的に女の肥料になり、女が花になる。女は男の肥料によって美しい花になり、醜い花にも、毒を持った花にもなるんだよ」

まさしくお二人の話は、少しうぬぼれかかっていた私の気持ちに、しっかりと釘を刺してくれていたのです。その声を忘れなければ……。


私は楽屋を後にして、新宿ゴールデン街に消えていきました。

カバンのなかから、森幸子さんからもらったメモを見つけ、私はその晩、酔った勢いもあって、彼女に電話をかけてしまったのです。

私を喜ばせる言葉が耳元で次々と弾みます。

「昨日、大辻さんの出ているテレビを観ました。まさかと思っていました大辻さんから電話があるなんて、夢みたい。本当に大辻さん?ほんと? わー、私、嬉しくてどうしていいかわからない、ドキドキしてる」

成り行きで、近々、私は彼女と新宿駅西口交番の前で逢う約束をしてしまったのです。

清川さん、若山さんのふたりの大御所に「女に気をつけろ」と言われたその晩に、もう私は女に電話をかけて有頂天になっているんですからね。どうしようもない男です。

その後、たまたま清川さんのマネージャーから電話があり、芝居がはねたら清川さんと食事をしようということでご一緒したその夜に、小川プロの話が出て、「大辻君もとうとう役者らしい役者になれたようだ。でも、大切なのはこれからだからね。先代の大辻司郎さんの名を汚さないようにがんばるんだよ」と、念を押されたのです。

「はい、がんばりますので、これからもいろいろアドバイスをよろしくお願いします」

「しっかりね」

「がんばってな」

しかし、この言葉が清川さん、宮田さんと娑婆で交わした最後の言葉になりました。

昭和五十六（一九八一）年九月六日、私は午前中に『西部警察』の衣裳合わせを終え、森さんと約束の新宿駅西口交番の前に行くと、彼女は待っていてくれました。

森さんは、私の顔を見るなり、嬉しそうな顔になり、手を振って「本当に来てくれるとは思いませんでした」と言ったのです。

私は彼女を車に乗せ、近くの喫茶店に行き、食事をしていない彼女のためにサンドイッチとコーヒーを頼み、再会できた喜びを伝え合いました。

「学校のほうはどうなの？」

「まだ礼文島の余韻が冷めないんです。大辻さんからの電話で、さらに興奮状態に陥ったというのがいまの私の気持ちです。だって、テレビに出演している大辻さんが私の目に前にいらっしゃるんですもの」と言い、頬をつねって、

「やっぱり本当なんですね」と首をすくめ、子供のような笑顔を浮かべたのです。

「森さん、彼氏がいるんでしょ」

「大学の同級生で、飲み会で知り合った人がいます。正直に言えば、半同棲のような生活をしています。大辻さんから電話をもらった時もそばにいたんです。私って、結構、おませな女の子でしょう」

そんな会話があった後、彼女は大胆にもこんな言葉を投げつけてきたのでした。

「大学の宿題で『チャタレー夫人の恋人』について書かなければならないんですけど、私としては、性的な絡みを自分なりに解釈しながら、主人公の生き方がどう変わったのかを書いていこうと思っているんです。大辻さん、セックスによって、女は生き方が変わるんでしょうか」

私はそれまでの自分の体験をもとに、言葉を選んで慎重に答えました。

「男ってね、女によって変えられるし、女もまた男によって変わるっていうけどね、それには、自分が変わろうと思わないとダメなんじゃないかと思うよ。いまつき合っている彼とよく話してごらん。それをレポートに書けばいいと思うよ」

「彼と会って、週に何回かセックスするんですけど、それと愛は違うんじゃないかと思うんです。チャタレー夫人の場合は、セックス＝愛でしょ。だから、私が変なのかと思って……」

彼女の答えに、私は思わず、こう答えていました。

「女性の体って微妙だと思うんだ。だから、体の相性とかセックスのテクニックによって人を好きになることもあるって聞いたことがあるよ。いちがいに愛うんぬんじゃないんじゃないかな」

「大辻さん、私をどう思いますか？　私ってかわいい？　女としてどう思う？」

そして、私が答えに窮していると、続けてこう言ったのです。

「大辻さん、私、女優になれませんか」

とっさに私は「それは無理だよ」とはっきりと言いました。

「何年もかかって、やっとセリフの言える俳優になったんだよ。簡単に言わないでくれよ」とムキになって言ったことをいまでもよく覚えています。

津軽海峡を渡って何年も苦労してやっと俳優になれたのに、いまの子は簡単に考えていることに腹が立ったのです。

冗談じゃないよ。芸能界に入る伝手がほしくて、近づいてきたのか。

私は本当に腹を立てていました。少し顔がきれいなだけで、平気でそんなことを言うのかと思うと、彼女に電話をしたのが自分であることも忘れて、ひとりで怒っていたのです。

この時に、もう私は彼女の罠にはまっていたんです。

その後、私が犯罪者として警察に拘束された時の状況をわかってほしいんで、以後、あえてしつこいぐらいに忠実に私と彼女の会話を再現してみます。

第三章　逮捕

自宅へ

私は彼女の言葉にカチンときたので、「もう帰ろう」と言いました。すでに四時半はまわっていたと思います。

「駅まで送るよ」

「大辻さんはこれからどこに行くのですか」

「家に帰るよ」

「もし差支えなければ、大辻さんの家に行って、もう少しお話をしたいんですが……。」

「ビールくらい飲めるのか?」

「少しぐらいなら…」

私は酒屋でビール数本とするめを買い、マンションに向かいました。

その頃、家には犬が二匹と猫が七匹いました。

そのなかの一匹が俳優の内田良平さんからいただいた猫で、「にゃんこ」という名のシャム猫でした。

「にゃんこ」は知らない人が来ると、鳴きっぱなしで、物をかじったり暴れたりするので、ひもをつけて飼っていました。

奥の部屋に動物たちがいて臭いので、家に入ると部屋の窓を全部開け、玄関のドアまで開けたままで彼女を迎え入れました。

「おじゃまします」

彼女も動物がたくさんいるのには驚いたようでした。

するめを焼き、乾杯しました。

「ビール、飲んで大丈夫？」

「はい、礼文島で知り合った男性と飲んだ時に、その男性はお酒が強くて、ふたりで毎晩焼酎を飲んでいたから結構いけると思います」

ふたりは、こうして飲みはじめたのです。

私の部屋は五階なので、折からの秋の夕日がまともに入ってきます。

「礼文と同じ夕日……。東京のど真ん中で大辻さんとお酒が飲めるなんて…」

ビールを何杯も飲み、私がトイレに行って戻ってくると、どこからか見つけた

『西部警察』の台本を手に、セリフを読み始めていました。その顔は女優のようでした。

やがて新宿に夜の帳が降り、色とりどりのネオンが輝いています。彼女は窓辺に近寄り、その光景を眺めながら、

「素敵だわ……」と甘い声で囁きました。

「これって、大人の空間なのかしら。テレビで見ている大辻さんと一緒にお酒がこうして飲めるなんて、幸せ……。私、人生を変えてみたい…」

彼女はそう言い、私の顔をじっと見つめ、頬を私の肩に寄せてきたのです。

私は、馬鹿な男でした。清川さんたちがあれほど「女に気をつけろ」と言ってくれたことも忘れ、彼女の肩を抱きよせ、唇を合わせたのです。

長く、熱く、甘い香りがしたような…。

これが、私の役者人生に終止符が打たれた瞬間でした。

激しい一回目のセックスが終わって数分後、ふたりがまだ荒い息のうちに、電

話が鳴りました。

我に返った私が電話に出ると、礼文島に行った時に会った義理の兄の友人、村田さんからでした。

「慎吾ちゃん、いまから遊びに来ない？」

時計を見ると、午後八時二十分頃でした。考えてみれば、ふたりで八時間以上一緒にいたことになります。

「お風呂に入ってもいいですか？」

彼女はそう言い残すと、バスルームに消えていきました。風呂の鏡で、首についたキスマークが気になったのか、少し怒ったようでしたが、すぐに機嫌を直し、

「こんな素敵な気分になったのは、はじめて。チャタレー夫人の気持ちがわかったような気がします」と笑いました。

ああ、いま思えば、これが一番の問題でした。

そんな馬鹿な偶然とは重なるものです。

私は村田さんの誘いに乗って、村田さんの家に行こうと思っていましたので、

「いまから礼文島で会った友達と会うんだけど、駅まで送っていけばいいかなあ

…」と聞くと、

「え、礼文島の人なの、私も会いたい！」と強く言うので、午後九時頃に家を出て、村田さんの板橋の家まで彼女を乗せて行きました。

「彼氏は大丈夫なの？」

いまセックスをしたばかりなのに、そんなことを聞く私はどうしようもない男です。

「今夜は来ないから大丈夫」

彼女と私はキスを繰り返し、いちゃつきながら村田さんの家に着きました。私ひとりだと思っていた村田さんは驚いたようでしたが、大人の対応をしてくれました。

村田さんは出版社に勤め、夏休みになると礼文島に行き、島の人たちより島のことをよく知っていると言われるほどの「礼文島通」でした。私の義理の兄の友人で、当時三十二歳くらいだったと思います。

「礼文島、と言われたんで何も考えずについて来てしまったのですが、お邪魔だったですね」

彼女は申し訳なさそうに、村田さんに言いました。やがて、村田さんも彼女が一か月も礼文島にいたことを聞くと、胸襟を開き、彼女もまた尊敬のまなざしで村田さんの話に聞き入っていました。

礼文島で彼女が男と一緒にいたことを知り、激しい言葉で「礼文であったことは決していまの彼氏にしゃべってはいけないよ」と言い、なぜ私といま一緒に来たのか尋ねました。当然のことです。

彼女は私とセックスをしたことを抜かして話しました。

「大辻さんは、私の人生を変えてくれる人だと感じたんで、八時間もいろいろと話し込んでしまったんです」

村田さんはおもむろに冷蔵庫からビールを取り出し、それを三人で飲むうちに十二時をまわってしまいました。

「慎吾、どうする?」

「二、三日、仕事がないんで泊めてください」

すると、彼女も、

「明日は学校がないので、泊めてください」と言ったのです。

そして、そのまま二時頃まで過ごし、二階の部屋で寝るようにと、村田さんは案内してくれました。

村田さんは、ふたりの関係をうすうす知っていたでしょう。なぜなら、部屋にはひと組のふとんしかなかったのですから。

そこで、私たちはまた激しく求めあったのでした。

セックスのあとの心地よい疲れのせいでしょうか。朝遅くまで寝てしまいました。村田さんはもう出勤したあとでした。一階に降りると、トーストとタマゴ料理に添えて、「ふたりで食べてください」と書かれたメモがありました。

彼女と食事をしながら、「何時に帰る?」と聞くと、

「もう少し、大辻さんといたい」と言います。

「彼氏に電話しなくていいの?」と言えば、「たぶん、授業で忙しいから」

私は村田さんの会社に電話をして、「もう少し、村田さんの家にいたいので、よろしくお願いします」と言いました。彼女も途中で電話を代わり、「よろしくお願いします」と言いました。

村田さんにお風呂を拝借し、ふたりは朝湯に入り、彼女が背中を流してくれたり、ふざけあったり、まるで新婚さんのようでした。

風呂から出れば、冷えたビールで乾杯です。

「これでは村田さんに申し訳ないよ。村田さんのためにもふたりで夕ごはんを作ろうよ」

そう思った私は、村田さんに再び電話を入れ、近所のスーパーの場所を聞き、その旨を伝えると、村田さんも喜んでくれたようでした。

その後、三度目の愛を交わしたふたりが正気に戻ったのは、午後二時過ぎでした。

「すき焼きなんかどう」

「いいんじゃない、作り方はわからないけど、一生懸命作るわ」

私は彼女にすき焼きの材料を書いてもらい、玄関を出ようとすると、彼女が頬にキスをしてくれました。

「早く帰ってきてね、寂しいから」と言われ、車を運転しながら「これが幸せというものなのだ」と心から思ったものでした。

いそいそと支度をはじめました。

「ただいま」

「お風呂、洗っておいたから」

私は買ってきたものを広げると、もう五時頃になっていました。彼女はいそいそと支度をはじめました。

村田さんが帰ってきたのは、六時を少しまわったころだと思います。

彼女は自分で作った料理を並べながら、「どう、おいしそうでしょ」と言い、私が褒めると顔をほころばせながら、

「こんなにたくさんの料理を作ったのは初めてよ。彼の時なんか、これの三分の一しか作ったことないもの」と言いました。

彼を裏切りながら平気で皿を並べている彼女を見て、ふと、私は北海道の母を思い出したのです

みかんを盗んだ妹の罪をかばうつもりか、知らない男と家を出て、帰りにみかんを山ほど買ってきた母。私はその見知らぬ男なのだろうか。私に天罰が下るのだろうか。

その時、得体もしれない恐怖感が体を襲ったのです。でも、一方では、彼女は

母と違って独身だ。私も独身。だから、これは、決して浮気や不倫ではない、という開き直りに似た思いもありました。

この時の私は、自分では優位な立場で、遊んでいるつもりだったんです。それはそれは、楽しかったです。女に遊ばれていたなんて、これっぽっちも思っていませんでした。

まさしく、私は悪魔のささやきに負け、役者人生に自惚れ、女に遊ばれていることに気づかず、彼女と村田さんと三人で乾杯しました。

村田さんも独身でしたので、久しぶりの家庭的な雰囲気にすっかりリラックスし、十二時過ぎまで酒宴は続きました。

この後、彼女は宿題のため書斎を借り、勉強をはじめたので、私と村田さんは先に休みました。翌朝七時に目を覚ました私が書斎をのぞくと、彼女は机の上に頭を置いて寝ていました。

彼女を起こし、三人で村田さんの家を出て、私は彼女を乗せて三軒茶屋の彼女の家に送っていくことになりました。村田さんが
「ゆうべの料理、おいしかったです。また作ってください」と言うと、彼女は

にっこりと笑って、「ハイ」と答え、私の車に乗り込みました。「髪を切りたい」という彼女に、私はポケットから五千円札を出して、「これで少しは足しになるかい」と渡しました。

彼女とは二泊三日一緒でしたから、「両親は大丈夫なの?」と聞くと、「二泊三日、大辻さんと愛し合い、『チャタレー夫人の恋人』のレポートを書くことができ、本当に楽しい三日間でした」と言いながら、手鏡を出し、私がつけたキスマークのあたりを指で触って、まだ少し赤い部分を気にしているようでした。

車が三軒茶屋の彼女のアパートの近くに来ると、私の唇に自分の唇を軽く重ね、「大辻さん、また会ってくださいね、会えてよかった」と言ったのでした。

逮捕

九月六、七、八の三日間、家を空けていた私は、動物たちのことを心配していましたが、マネージャーに電話をしておいたこともあって、何も変わったことはありませんでした。

翌九日は十二日から『西部警察』の仕事が入っていたので、台本に目を通していました。すると、また村田さんから電話があり、「遊びに来ないか」と言うのです。

なんとなく行く雰囲気になっていたので、夜遅くまで、礼文島や役者の話を午前二時くらいまでして眠りにつきました。

昭和五十六（一九八一）年九月十日午前六時。

村田さんの家の前に、一台の車が止まり、数人の男が下りてきました。なかのひとりがチャイムを鳴らし、

「大辻慎吾こと堀部一雄が家にいるだろう」

と近所に聞こえるような声で、二、三回、怒鳴っていました。

村田さんが玄関に行くと、ふたりの男が靴も脱がずに家のなかに入り、ぼんやりとしている私の前で、

「渋谷警察の者だ。堀部一雄だな。お前には強姦致傷の被害届が出ているので、

ここで逮捕する」と言い、私は手錠をされ、パトカーに乗せられました。

なぜ私が捕まることになったのか、強姦致傷とは何か。意味がわからないまま、私は村田さんの家を後にしたのでした。

この時、私は三十六歳でした。


どうしてこうなったのか、全くわからなかった。どう考えても強姦じゃない。ましして、傷なんかどこにもついていないのに致傷なんて…。

「お前もバカなことをしたものだなあ…」

ひとりの刑事がそう言いました。さらに小さな声で、私の耳元で、

「お前、はめられたんだよ」と、ささやきました。

この刑事は、私が役者であることを知っていました。テレビで私のことを見たことがあると言っていました。

渋谷署に着き、取調室に入ると、ふたりの刑事が待っていました。ひとりは私の真正面に座り、もうひとりが私の横に座り、手錠をはずしました。そこへ別の刑事が缶コーヒーを三本持って入ってくると、そのうちの一本を私に勧めました。

「お前は言いたくないことは言わなくていい。お前には黙秘権がある。会社関係の人や弁護士を呼ぶなら、こちらから連絡をとるから」

正面に座った刑事が、鋭い口調で言います。私は電話番号を教え、「マネージャーに連絡してください」と頼みました。

「わかった。なぜ逮捕されたか、わかるな。被害届が出ているんだ。森幸子、二十一歳。女子大生だ。覚えがあるな」

「はい、彼女と三日間、一緒でした」

刑事は私の答えを無視し、こんなことを言いました。

「なあ、大辻君、この部屋、『西部警察』の取調室と似てるか」

私はぐるっと部屋を見渡しました。本当に同じです。でも、カメラとスタッフがいないことで、現実に戻されました。

きっと、刑事たちは私がまだ半信半疑でいることを感じ取り、「お前は犯人なんだ」ということをわからせようとしたのだと思います。

「大辻さんよ、これはまったく個人的な意見だけどよ、弁護士を頼んで示談という手もあるんだぜ。言ってる意味がわかるよね」

人間味が感じられる刑事でした。

「私もねえ、学生時代は役者になるのが夢だったんだよ。だけど、役者を取り調べるなんて思ってもみなかったよ」

やがて、マネージャーが飛ぶようにして取調室に入ってきました。午前十時を少しまわっていたと思います。

刑事のはからいで刑事立会いのもと、マネージャーと五分ほど話すことができました。

事情を説明し終わった頃、刑事がマネージャーに聞きます。

「大辻に仕事が入っているのか」

「はい、十二日から『西部警察』の仕事が入っています」

「その仕事は無理だな。あとはマスコミが騒ぐかもしれないぞ」

刑事の鋭い声に、マネージャーはただただ震えていました。

「マネージャーさんよ、下着が数枚ないと、大辻が困るぞ。それにお金も、一応所持金ということで手元に置いたほうがいい。おそらく接見禁止になるだろうけどな。何か用があったら、自分か弁護士に話しておくように」

「よろしくお願いします」

マネージャーは、深々とお辞儀をし、会社に報告に戻っていきました。

取り調べ初日

「刑事さん、いったいどこが強姦致傷になるんですか。俺にはさっぱりわからない」

私は、素直に聞きました。すると、私の容疑を刑事は話し始めました。

「一回目の行為が強姦だ。告訴状にはキスマークを強引につけられたとある。コンドームもつけずにやったんだろ。被害者の体内に精子が残っていて、それも証拠になっている。あとがどうなるか考えずに行為に走ったお前がバカだったということだ。まあ、同情の余地はあるけどな。男と女が八時間も一緒にいたんだからな」

彼女の言い分はこうでした。

昼過ぎに会い、食事をごちそうになり、大辻さんの家に行き、イカの焼いたものを食べ、レコードを聞きながら将来のことを相談しようと思っていたら、大辻さんの目つきが変わって、包丁をテーブルの上に突き立て、拳銃を突きつけ、私に迫ってきたのです。

生理が終わって二日目なので、風呂に入らせてくださいと言って、なんとか逃げようとしましたが、それもできず、大辻さんは酔っているのだと考えて、ゆっくり話せばわかってくれると思い、バスタオルを巻いて出ていったのですが、私の姿を見ると、スッと立ち上がって、バスタオルを奪い取り、私の乳房に手を伸ばしてきたのです。私は言葉が出ずに、ただ立っているだけでした。

そして、そこからは大辻さんにされるがままでした。

文句を言おうとする私をさえぎり、刑事はこう言い放ちました。

「明日、東京地検に身柄を送検する。弁護士が来る。その前に拘留質問を受けるから、六時過ぎには弁護士に会える。言いたいことは、そこで言え」

案の定、翌日には身柄を送検され、拘留期間があり、面会接見禁止となり、私との面会人は弁護士だけとなり、ただただ寂しい渋谷拘置所の夜を迎えようとしていました。

次の日、弁護士が来てくれ、カバンのなかから新聞を取り出したのです。そこには、すごい見出しが載っていました。

悪役俳優、地で行く。大辻慎吾、逮捕！

それもスポーツ新聞ではありません。朝日、読売、毎日という三大新聞に一斉に掲載されたのです。そのせいでしょう、私の住んでいるマンションには、テレビ局が殺到、蜂の巣をつついたような騒ぎだと聞かされました。

この話はマネージャーを通して、清川さんの耳に入り、差し入れを持ってすぐにでも私に会いに行きたいと言ってくれたそうです。弁護士が接見禁止だと言うと、十五万円を弁護士に渡し、「私にできることはなんでもしますから、言ってください」と言ってくれただけでなく、こんなことまで話してくれたそうです。

「大辻君は、酒は飲むけれど、新聞に書いてあるような人間ではない、と信じている。これも初代、二代と続く大辻さんとの縁も深く、私は大辻慎吾を見捨てるわけにはいかないんです。あの子はこんなことで自分の人生を閉じてしまうような子ではありません。それは、私だけでなく、周りの人がみんな知っています。

役者として道が拓け、さあ、これからだという時に、薬なら許せませんが、男女のこと、何があったかわからないけど、とにかく弁護士さん、なんとか慎吾を助けてやってください」

清川さんは、そう言いながら何度も頭をさげてくれたと言うのです。私は、涙が止まりませんでした。

しかし、事態は深刻です。接見の最後に、弁護士がこんなことを言いました。

「検事は、もうひとつのヤマを動かすような気がする。この事件に関する彼女の調書を読むかぎり、立件は難しいと思うけど、万一、立件されると君は実刑を食らう。いいかい、それを防ぐためには、あくまで親告罪なので、示談で解決するしかない。どうする、君は自分の真実を裁判所で訴えるか」

私の腹は決まっていました。最後まで真実を訴え、無実を証明するために裁判をすると決めたのです。

弁護士が言っていた「もうひとつのヤマ」とは、渋谷署が村田さんを強制逮捕し、身柄を目黒署に預けたことです。強姦致傷罪の偽証罪の容疑です。犯人をかばうために、うその証言をしたという疑いです。

なんの関係もなく、ただ家に泊めてくれただけの村田さんが逮捕されるとは…。ただただ唖然とする私でした。

弁護士に言わせると、検察はあくまでこの事件を立件するべく、村田さんまで巻き込んで、公判に持っていこうというハラだと言うのです。

やがて、村田さんに面会に行った弁護士から、村田さんは誤認逮捕で、拘留いっぱいの二十一日間で出てくるだろうということでした。

それにしても、なぜここまで私の言うことを警察は信じてくれないのだろう、と思いました。その疑問に、弁護士はこう教えてくれました。

「大辻さん、あなたのようにテレビに出ている有名人に対して、警察は特に厳しいんです。メンツって言うんでしょうか。疑わしきは罰せずという言葉があるけれど、有名人が一般庶民に名前を利用して何かしたとなったら、それって感じで必死になるんです。検事は私の学生時代の先輩なんで、これから会いに行こうと思っています」

「そうですか、よろしくお願いします」

「しかし、それにしても大辻さん、あなたの主張していることと、被害者の調書は百八十度違います。私も見にいきましたけど、テーブルの上には包丁を刺した傷もないし、拳銃も見つからなかった。私が気になったのは、彼女が彼から言われたことを思い出して、ドアを開いておいたという点です」

「部屋のドアや窓を開けておいたのは私です。動物の臭いがして彼女が嫌がるのではないかと思い、親切心から開けておいたのです」

「それならツジツマが合うな。他にも疑問点があるんだ。大辻さんの部屋に八時間も一緒にいたというのも変だ。嫌いな男と食事をしたいと思うかな。仮に食事をしたとしても、すぐに別れるはずだ。そのうえ、大辻さんが突然様子が変わったというのも変だ。危険を感じたらすぐに別れようとするはずだ。窓が開いていれば大声で怒鳴るだろうし、いくら脅かされても風呂には入らないだろう。大辻さんの風呂場も見たが、窓もあり、鍵もついていた。怖ければ、鍵をかけ、窓から大声で叫ぶこともできたはずだ。さらに、村田さんの家まで一緒に出かけている。脅かされている女が料理など作るだろうか。少なくとも、君が買い物に行っている間に警察に電話もできたのに、風呂の掃除をしている。この事件は、これまでの私の経験にはない不思議な事件だよ」

「そうです。これは、完全なでっち上げです」

「私が思うのにね、これは彼女の恋人に言われるままに、彼女が訴えた事件だね。はっきり言って、大辻さん、あんたは悪い女に遊ばれたね」

　これが弁護士の本心でした。

「検察側は、とにかく公判を維持しようと、村田さんを強制逮捕して、示談が成立しないようにしている。つまり、事件にして裁判に持ち込みたいんだ。大辻さん、これだけは言っておくけど、彼女は君でなく恋人を取ったんだ。しかも、本当の被害者は君ではなく、村田さんだよ。おそらく、誤認とはいえ逮捕されたのだから、会社もクビになるね。聞くところでは家のローンも残っているし、家も売ることになるだろう。しかし、そうなったのは、君と彼女のせいだということは間違いがない。それを一生忘れないでほしいね」

　さらに、弁護士は真剣な顔で、私に言います。

「法廷に出て、どんな証言をしようが、村田さんは偽証罪という検察の罠にはまっているのだから、恨むなら大辻さん、あなた自身を恨みなさい。村田さんというひとりの男の人生をめちゃくちゃにしたのは、大辻慎吾と森幸子であることは間違いはないのだから。性欲に負けて、よい思いをしたのは大辻さんと彼女なんだから」

「裁判で君たちが都合のいい言葉を言い合って嘘をついたりして、いまは取り繕っても、それで得た幸せというものは、いずれ化けの皮がはがれるものだ。私に言わせれば、君と彼女はバカな人間だよ。男と女のルールも守れず、責任もなすりあっている。大辻慎吾と森幸子、ふたりは人間失格、獣だ。やったやらないはふたりの問題。なぜ村田さんを地獄の底に引き込む権利があるんだよ。大辻さんは、これでもう芸能界で生きていけないだろう。幸いにして彼女の両親がこの事件を知らないことで、彼女が少し得をしたけど、それだって、いつかバレる。大辻さん、この裁判で示談を取るか、公判で無罪を貫くか、それは自分で決めなさい」

　弁護士は、示談の費用は清川さんや会社が用意してくれていると言ってくれ、拘留期間の二十一日以内なら、示談交渉をすると約束してくれました。

「二、三日、考えさせてください」

　私は、その時、それしか言えませんでした。

示談か、裁判か

私の心は決まっていました。事実を法廷で証明したかったのです。

「真実を述べます。合意のうえだったことを認めてもらいたいのです。それによって、どんな結果が待っていようとも、私は正しいのですから」

弁護士は、少し、眉をひそめて、こう言いました。

「これだけは覚悟しておいてくださいよ。親告罪は示談というのが常識です。示談が取れなければ、実刑だよ。もう一度よく考えてみて」

「最後まで真実を追求する覚悟です」

「わかった、これだけ心配してあげているのにそう言うならしかたがない。裁判で負ければ求刑五年だから、判決は四年だろう。それは覚悟しておくように。いいですね。検察は、どうしても大辻さんを犯人にしたい。だから、村田さんまで逮捕したんだ。つまり、示談にしないということは、ほとんど裁判は負けるっていうことですよ。もう一度言います。示談にすれば、事件そのものがなくなり、致傷だけが残る。それも罰金刑で済むんです。それで、すべてが終わるんです」

「いえ、最後まで真実を述べて戦います。会社や清川さんには迷惑をかけますけど、そういう決意だと皆さんに伝えてください」

私は示談をしないまま、二十一日間の拘留期間が終わり、起訴され、一審の裁判が始まりました。渋谷署から東京拘置所に移管された時、いよいよ裁判が始まるという思いで一杯でした。

弁護士から彼女の調書を詳しく読ませてもらったのは、その時です。村田さんの調書もありました。

彼女の調書には呆れてモノが言えませんでした。

村田さんの調書を読んだ時は、なぜ、あの晩、村田さんのところへ彼女を連れて行ってしまったのかと思うと、申し訳なさで一杯でした。

村田さんの逮捕の理由は、私が村田さんにも彼女の肉体を楽しんでもらおうと連れて行ったという彼女の証言があったからです。神に誓ってそんなことはありません。

これは彼女が考えたことではありません。彼女の恋人である中田某という男の悪知恵、さらには、なんとか公判の維持を狙う検察側がねつ造した狂言です。

それから一週間後、村田さんが不起訴になったことを弁護士から聞かされました。

「弁護士さんを通して伝えてほしい。生まれてはじめて逮捕され、取り調べを受け、つい自分を守ろうとして、大辻君に不利な質問だと気づいても、はいはいと答えてしまった。申し訳ない」と、村田さんは、五万円を裁判費用に使ってほしいと弁護士に手渡したそうです。

私のほうこそ、ひとりの人間の人生を変えさせてしまって、申し訳ないことをしてしまった、と心の底から思い、頭の下がる思いでした。

調書を何回も読んでみましたが、まるで映画のようでした。

企画が東京地検、プロデュースが渋谷警察署、監督・脚本・主演男優が森幸子の恋人の中田某、助演男優が大辻慎吾と村田さんで、題名が「悪役俳優、地で行く」

私は完全に罠にはめられてしまったのです。

第四章　塀の中に落ちて

判決

出会い

裁判がはじまり、一審では弁護士の言った通り、求刑五年懲役四年という実刑判決が出ました。私は判決を不服として、二審へと控訴しました。

その間もファンの方から何通もの手紙をもらいました。みなそれぞれ「男と女のこと」に司法がなぜ介入するのか不思議だ、という内容でした。

そのなかのひとり、高知県の畑中みどりさんという二十三歳の方と手紙のやり取りが始まり、毎日のように手紙が届くようになりました。何度目かの手紙に「拘置所に面会に行きたい」と書かれてあり、面会が実現したのですが、弁護士から面会に行く前に清川さんに会いに行くように言われたそうです。

みどりさんは、面会日前日に上京し、清川さんの家に泊めていただき、いろいろ話をしたそうです。その時、清川さんに「あなたは大辻と男女の関係があったの?」と聞かれたそうです。

もちろん、私も彼女と会ったことはありません。

彼女は清川さんにこう言ったそうです。

「新聞や雑誌を見ると、大辻慎吾さんのことがあまりにもひどく書かれているのですが、手紙のやり取りをしているうちに、大辻さんがどういう人なのか、なんとなくわかった気がしたので、心の支えになりたくて、拘置所に面会に行く決心をしたのです。私も女ですからわかりますが、男の部屋に八時間近くもいるということは、女の方にも責任があるはずです。私にも経験があります。私が彼を裏切ったこともありました。でも、決して彼にはそのことを言わなかった…。それなのに……。私は森さんに会ってみたい。いったいどんな人なんでしょう」

清川さんはそれに対して、こう言ったそうです。

「私は慎吾のことを信じている。まわりの人も信じてる。だから、あなたも最後まで慎吾を信じてあげてくださいね」

そして、こうも言ったと言います。

「私の家に泊まりなさい。また何かほかに用があって上京する時も遠慮なしで私の家に泊まりなさい。もちろん、ご両親に私の家の住所も電話番号も教えておいてあげなさい。私からもご両親に電話をしてあげてもいいわよ」

清川さんは、北海道の私の母にも電話をかけてくれたそうです。母は電話口でただ泣くばかりだったそうですが、ぽつりぽつりとこんなことを言ったと言います。

「いまの私はお金もなく、親戚や兄弟から『一雄の馬鹿野郎、調子に乗るからこういうことになるんだ。堀部家の面汚し、恥さらしだ。いっそ刑務所で死ねばいいんだ』と言われ、夫婦関係も悪くなっただけでなく、礼文島の義兄も土産店をたたみ、島を追われ、離婚しました」

清川さんは、そんな母にこんなことを言ってくれたそうです。

「どんな親でも子を思う気持ちは一緒だから、いまはバカなことを考えずに息子さんを信じて生きることです。私も慎吾君を信じているし、高知から大辻君を心配して私の家を訪ねてきた方もここにいますよ。明日、大辻君に面会するんで来たんだそうです。いま代わりますからね」

そして、みどりさんが母と話したのですが、母はただただ「本当に申し訳ありません」と何度も何度も言ったそうです。

その晩、清川さんとみどりさんは、男と女の関係を自分の体験をもとに何時間も話し合ったそうです。そして、みどりさんがまだ私に会ったこともないことに感激して、

「本当に不思議なご縁ね。こんなに美しい二十三歳の女性が拘置所に明日向かう姿を想像しただけで、畑中さんに頭が下がる思いです。被害届を出す女もいれば、まだ一度も会ったことのない人のために、わざわざ高知から出てくる人もいる。男と女って、不思議ですね」と言ってくれたようです。

みどりさんが面会に来てくれた時、犯罪者の自分のところにこんな清楚な美人が、なんで訪ねてくるんだろうって思いました。最初は何もしゃべれませんでした。ただ見つめ合うだけ。でも彼女は、三日間毎日、面会に来てくれました。ようやく少しずつ話せるようになった最後の日、彼女はこう言いました。

「私、大辻さんにお会いしてよかったと思います。自分の目で確かめられてよかった。大辻さんは、清川さんに伺った通りの人でした。私、こう見えても同情では動きません。いまは素直に私の気持ちを受けてください。また、来月も来ま

す。経済的な心配もしないでください。それより、二審、がんばってくださいね」

別れの時、彼女は鉄格子から手を差し出したので、お互いに手を重ねました。私に熱いものが伝わってきました。すると、錦糸町公園で私を助けてくれた江藤洋子さんのことが思いだされ、体じゅうが震え出したのです。

畑中さんの差し入れの中身は、清川さんの手紙と畑中さんの写真でした。その写真の裏には、「会えてよかった」と書かれていました。

控訴審

いよいよ二審が始まり、その間にも畑中さんは会いに来てくれました。

さすがに入念に作り出されている検察の調書では、新しい証拠がないかぎり、同じ判決が下る可能性が高いと思われました。

そのためか、「示談をもう一度、考えてみたら」という話も出ましたが、私が「心は決まっている」と言うと、みな「わかった」と言って納得してくれました。

今度は、裁判の情状証人として、清川さんの出廷が決まりました。

清川さんは、一度、被害者の森さんに電話を入れたそうです。

「あなたもいろいろ事情がおありでしょうけどね、男と女の問題、私たちにも真相はわからないけど、いろいろな人に迷惑をかけていますよね。ある方は会社をクビになり、あなたもよく知っている礼文島のお土産物屋さんは島を追われて、あげくに四人も子供がいるのに離婚された。あなたにとっては憎い大辻君も十分に社会的な制裁を受けたのですから、もう少し、温かい心で考え直してみてくれませんか」

清川さんがそう言うと、森さんは「大辻さんの裁判はいつですか」と聞いたので、大辻君に会えるなら会って貰えないか、とお願いしたそうです。するとと森さんは、「少し時間をください」と言ったそうですが、それから数日後、彼女の彼氏中田某からこんな電話があったと言います。

「あなたがどんな大女優だか知りませんがね、あなたは森幸子さんを脅迫しているのと同じですよ」

さすがの清川さんも、これには絶句したと言います。

私もこれ以上、清川さんに迷惑をかけるわけにはいきません。何としても、裁判に勝って、身の潔白を証明したかったのです。

こうして、私は二審の判決日を迎えました。

考えてみれば、こんな馬鹿な人間に温情をかけてくれた人たちのことは忘れることはできません。どうして、そんなに皆さん、やさしいのでしょう。人間は傷つけば傷つくほど、人にやさしくできる、と聞いたことがありました。きっと、私を励ましてくれた人たちも過去にもっと辛いことを体験されたのに違いありません。

そして、二審当日、清川さんの言葉は裁判長の心を激しく揺さぶりました。しかし、裁判に温情は無用です。裁判長は、清川さんに聞きました。

「あなたのおっしゃったことは心情的には理解できます。しかし、これは裁判です。これからあなたに司法上、重要なことをお聞きしますので、よく理解して答えてください。あなたは被害者である森幸子さんに電話をしましたね。被害にあった女性のところに、なぜ電話をしたのですか」

やはり、被告側の証人が被害者に直接電話を入れたことが、問題になっているようでした。

清川さんは、はっきりとこう答えました。

「女には女にしかわからないことがあるので、その本心を聞きたくて電話をしました。そして、こんなことになる前に、なぜふたりだけで話し合わなかったのかと、聞きました。電話をしたことが罪になるなら、私も堀部と同じ罪にしてください」

裁判長は、検事や弁護士に「情状証人である清川さんの証言は、あくまで参考でありますので、気にかけないように願います」と注意を与えた後、「女には女しかわからないことがあると証人は言いましたが、女性とはどんなものだとお考えですか」と聞きました。すると、清川さんは、こう言ったのです。

「女は魔物です」

「清川虹子こと関口ハナさん、今日はご苦労様でした。これから被告堀部一雄に対して判決が出ますが、最後に、有罪の判決が出たら、今後の被告の人生についてどのようにお考えでしょうか」

裁判長にそう聞かれた清川さんは、きっぱりとこう言ったのでした。

「これも何かのご縁だと思います。万一、有罪が確定したら、これからは刑務所に被告を慰問し、被告の身元保証人になることを誓います。いまにして思えば初代大辻司郎、二代目大辻司郎との深い絆があり、堀部一雄こと三代目大辻司郎、大辻慎吾を私は見捨てるわけにはいかないのです。私の命があるかぎり」

裁判長は、それを聞くと、判決文を読み上げました。

「判決、堀部一雄を一審通り、懲役四年に処す」

そして、最後に

「十四日以内に最高裁に控訴するならば、それなりの手続きをしてください。本日はこれにて閉廷いたします」と言い、二審も終わりました。

手錠をかけられ、腰に紐を結びつけられ、退席しようとした時、拘置所の職員が「五分間だけ時間をあげます」と言って、清川さん、宮田さん、むらせけんじの三人との面談を許してくれました。

「何の力にもなれなくてごめん」

三人はそう言って、大粒の涙をこぼしたのです。私はただただ深く頭を下げるしかありませんでした。清川さんは小さな声で、こう励ましてくれました。

「男は獄中で心を磨き、本物の男になっていくのよ。いいわね、無駄な獄中生活を送らないこと。いつかそれが実生活で役に立つこともある。歯を食いしばり、無事出所すること。みんな大辻君を待っているからね」

私が法廷を出て、拘置所に連れていかれる姿を、三人は私が見えなくなるまで見送ってくれました。

もう森幸子やその彼氏を恨む気持ちも薄れてきました。森幸子とのセックスは、強姦ではありません。自分では、ただ真実を追求して二審まで行き、やることを全てやったつもりでした。

やったことを否定するのは簡単ですけど、やらなかったことを証明するのはむずかしい。被害者がいれば、加害者が必要になります。悲しい判決が出ました。

それでも私は強姦していないと、信じてくれますか。

刑務所に行く日が近づいた頃、畑中さんが面会に来てくれました。清川さんが仮にも役者が無一文で獄中に入るのは名がすたると言って用意してくれた十万円を持ってきてくれたのです。

彼女は、涙を流しながら、こう言ってくれました。

「刑務所が決まれば、私、面会に行きます。手紙も書きます。大辻さんが出所するまで結婚もしません」

その時、私に激しい闘志が久しぶりに湧いてきました。

俺は生き抜いてやるぞ。生き抜いてやる。この娘のためにも、先輩のためにも、もう一度、俺は人生をやり直すのだ。

これまでの一年間、私は会社から支給されるものしか食べなかったのですが、刑務所行きの前夜は自弁（自分のお金で買う弁当）を取りました。幕の内弁当のふたを開けると、真っ白なご飯と鮭の焼いたものなどが顔をのぞかせました。おいしそうです。でも、私は食べることができませんでした。

幼かった昔、満足に白いご飯を食べられず、おなかをすかしたことを思い出したからです。また、これを食べたら、これからの厳しい獄中生活を耐えきれないだろうと思ったのです。

小さな机に幕の内弁当と水を置き、「堀部家、大辻家、育ての親である菊池正右衛門、亡くなった江藤洋子さん、どうぞ召し上がってください」と言って、手を合わせたのでした。

三重刑務所

涙を飲んで、最高裁への控訴を断念した私は、一週間後に三重刑務所（三重県津市修成町十六の一）に移管されました。

これを、刑務所の言葉では「赤落ち」と言うのです。

東京拘置所から東京駅に行き、新幹線で名古屋に向かう途中、いくら手錠を隠されているとしても、周りの人の目が気になります。

「あの人、たしか俳優だよ。一年ぐらい前に見たことがあるよ」そんなヒソヒソ声が聞こえてきます。

私は下を向いていました。でも、不思議なことですが、その時、急に勇気が湧いてきました。俳優になったのも自分が選んだ道じゃないか。いま、こうなったのも全て自分のせいだ。なに、こそこそしているんだ。堂々としていよう。

真実を追求してきた結果がこれだ。恥ずかしいことはない。どんな人間だって時には罠にはまることがある。「人生、一寸先は闇」だというじゃないか。

そう思ったら、刑務所職員に対して、その顔を見ることができました。

新幹線の窓には、美しい田園風景が展開している。こんな景色もこれから見ることができないんだ、と思いました。

人間、いい時ばかりだとはかぎらない。特に芸能界はそういう場所だ。しかし、自分には応援してくれる人がいる。涙を流してくれた諸先輩の心を励みにして、これからの四年間を生き抜いてみせる。

娑婆の人たちが「生き地獄」と呼ぶ赤門をこれからくぐるが、絶対、生きて戻ってくると強く思ったことを覚えています。


名古屋から三重県の津へ行き、私は三重刑務所にたどり着きました。見るからに古びた大きな扉がギーッと開き、それと同時に冷たい風が私の体に当たり、思わず身震いするほど不気味な感じがしました。

囚人の部屋に通され、同時に移管された人たちと一緒になりました。

「今日からお前たちは名前ではなく、番号で呼ぶ。次、堀部一雄」

「はい」

「お前は七七三番、この番号は獄中死か病死に至るまでは、絶対に忘れるな」

刑務官にそう言われ、次に素っ裸にされ、脚を広げ、手を挙げた格好で肛門をチェックされました。

その時、私ははじめて囚人であることがわかりました。それから先は、新教育の日程を聞かされ、長い廊下を看守と独居房に向かって歩いていきました。

私は甘かった、と思います。どこかで正義というものにすがって生きてきたからです。判決が出た以上、私は、大量殺人を犯した凶悪犯と同じ犯罪者なのです。

私はその夜、独居房のなかで、天国から地獄に落ちた自分を見つめ、「なんで、この俺が…」と思いました。やはり、どこかで覚悟ができていない自分がいることを再認識したのです。

夢を見ました。

前年に亡くなったはずの洋子さんが、枕もとに立ってこう言ったのです。

「一雄さん、私はあなたを守ります。たとえ三途の川の地獄に落とされても、あなたを守ってあげます。私は一雄さんを信じています。一雄さんはそんなことをする人間じゃない。でも女は怖い動物。この私だって、あなたとの子供を主人の子だと信じさせて生きてきたのだから。あなたは、女に騙されただけ。あんまり自分を責めないで。神様はちゃんと見ているのだから。一雄さん、あなたの命はあなただけのものではないんですよ」

三重刑務所は初犯刑務所です。定員七〇二名のところ、千人以上の人が生活を送っていました。

新人教育を受け、各工場に配置され、矯正生活を送るのです。私は第七印刷工場に回されました。

私がまず驚いたのは、回されたその日に、工場内の五十メートルはある廊下を乾拭きさせられたことでした。

職員が中央の机の上にあぐらをかき、七十人ほどの先輩が整列し監視するなか、私を含む新人たちがその廊下を七往復させられました。ある人はめまいを起こし、廊下の中央に倒れ、目の玉が白くなり、口の中から血が噴き出していました。足がつって歩けない人もいました。

「俺たちもこの経験をして、心を磨いたんだから、これが当たり前なんだ。囚人生活はそんなに甘いもんじゃないぞ。この地獄の一丁目を三ヶ月やるから、覚悟しておけ」

先輩はそう言って、うれしそうに笑うのです。その姿は、映画で見た上等兵と同じでした。刑務所というところは、一日でも早く入ったほうが先輩という完全な縦割りの社会でした。

刑務所の生活

工場の仕事が終わると、私は独居房で毎日六時から九時まで半年間、印刷部の電子計算機の使い方を教わりました。

また、日曜日には六人部屋の掃除を隅から隅までさせられました。便器がピカピカに光るまで磨かされ、先輩の好きな食事が出れば、私たちの分まで取り上げられてしまいました。

そんな辛い日々が六カ月続いたのですが、そんななか、毎日、畑中みどりさんからの手紙が届きました。

私には待っていてくれる人がいるから獄中でも頑張れました。ところが、そうでない人もたくさんいるのが刑務所です。

娑婆で待っている人のほうも大変だと思います。忙しい毎日を送りながら、そのなかで手紙を書いてくれるのですから。


今にして思えば、あの森幸子という女は、自分の人生を変えてみたいと言って私と出逢い、その出逢った私が窮地に陥っても他人事のような顔をして見殺しにする…。利用する時は利用し、切る時は切る。それが普通の人間の生き方かもしれない。

よく考えれば、この私も娑婆では森幸子と同じ類ではなかったか。

人生を変えてみたいという女に自ら近づき、彼氏がいるとわかっているのに熱いセックスを何度もした。悪いことをしているとも思わずに。なぜ、そんなことが平気でやれたのか。

利用できるものは利用しただけではないのか。これも、普通の人間の生き方だと思っていたのが、はめられた…。ただ、それだけのこと。はめられなければ、お互いに利用できるものを利用した同士だったに違いない。いまごろ、含み笑いを浮かべながら、また熱い夜を過ごしていたかもしれない。

私を含め、人間の世界の醜さが、改めてよくわかった。だからこそ、清川さんや畑中さんの心が美しく輝くのだ。

いまの私は人間でもない、七七三番。地位も名誉も財産もない。唯一あった役者という仕事も失った。

だったら、七七三番は囚人らしく、凛とした生き方をしよう。

私は、そう決心すると、さっぱりとした気持ちになれたのでした。

新人教育も終わり、心の張りも薄れた頃に、畑中みどりさんが面会に来てくれました。

来る前に清川さんの家に寄り、熱いメッセージを持ってきてくれました。そこには、こう書かれていました。

大辻君、お元気ですか。

みんな元気だから、大辻君がんばれ！

人間である以上、よいことも悪いこともある。生きているということが大事なのよ。だから、どんなに辛い獄中生活を送っていても、自分は生きているんだという証を見せないと、それは死んでいるということですよ。だらだら生きていたら、生きていることにはなりません。

悩むこともあるでしょう。でも、悩むのも生きている証拠です。先輩たちに苛められることも多いでしょう。でも、それはあなたが作った道なのだから、耐えられるでしょう。腹をくくりなさい。自分のやりたいことを決して捨てないで、前に向かって進んでいきなさい。

近々、面会に行きます。その日を楽しみに。

刑務所というところは、看守を「おやじさん」と呼べるようになれば囚人として一人前です。模範囚になればなるほど、「おやじさん」に気に入られています。逆に言えば、「おやじさん」のご機嫌を損ねれば、それだけ仮出所が遅くなるのです。

もちろん、手紙は「おやじさん」に検閲されます。ですから刑務所内での出来事など、全く手紙に書けないわけです。それは、囚人の病死や事故死に関しても、囚人同士の喧嘩に関しても書けません。

ということは、極端なことを言えば、職員の手によって殺されても、外部には食中毒死か怪我で死んだということになるのです。

刑務所の中は、夏は暑くサウナ風呂のようです。冬は寒くて手足が確実にしもやけになります。工場に行く時の検査で調べられる時に裸になる「かんかん踊り」は、チンポの先まで凍るようでした。

一番切ないのは、冬に風呂に入ることでした。

週に二回、時間にして九分、砂時計を見ながら入るのです。風呂に入る二十分前には並び、二十人くらいずつ入るのですが、入る前に体が冷えてしまい、心臓麻痺を起したり、転倒して大怪我をしたりする人もいました。また、せっかく風呂で温まっても部屋に戻る間に体が冷えてしまうことが日常です。

夕方五時から翌朝までは、たとえ囚人仲間が死んでもドアは開けられません。

そういう規則なのです。昼間、遺体は体育館に運ばれ、仮葬儀が行われるだけです。その際にもらえる供物の果物が楽しみで、私たちは参列するのです。

ということは、私が死んでも仲間は果物が食べられるから喜ぶということです。死んで喜ばれるのだから、よしとしましょう。

囚人になって一番辛いことは、両親が死んだという知らせが来る時です。その知らせが届くと、心が乱れているという理由で一週間、独居房に入れられ、座禅をさせられます。思い切り泣けという意味もあるでしょうが、逆に自分のいまの立場を自覚させる意味もあるでしょう。

だいたい一週間でボロボロになって独居房を出てきますから、その効果は絶大なのかもしれません。

死んだ囚人の八十パーセントは引き取り人がいません。そうなると、刑務所内にある無縁仏の墓に葬られます。

まさに、刑務所内はギリギリの環境で生かされているのです。

これに耐えられると、囚人として一人前だということでしょう。

ふだん、凶悪そうに見える囚人でも、奥さんから離婚届を渡され、布団のなかでおいおい泣いている姿も見受けられました。

背中を丸め泣き疲れて眠る姿を見ると、やっぱりこいつも人間なんだな、と思うのです。

そんな環境にいて、私は娑婆からの手紙が何よりもうれしかったのです。私は手紙がボロボロになるまで何度も読み返しました。

そのたびに新たな希望が湧いてきました。「獄中にいる男の女に決して手を出してはいけない」と言われるのは、そのためです。女は、囚人たちの生きる証、命綱だからです。

獄中では、自分の本当の価値を相手に伝えるために生きているのです。

囚人は自分の犯した罪を償うために、身も心もボロボロになるまで頑張ります。その姿勢、いま自分は自分の罪を一生懸命償っていることを愛する女に知ってほしいのです。ですから、意外に囚人たちは純真でした。

その男の女を奪ってはいけないのは、命綱の女が奪われたら、男は生きている意味がなくなり、自暴自棄に陥るからです。

「出所するまで、いつまでも待っています」という女の言葉をひたすら信じて、囚人は我慢に耐えていることが、見ていてとてもよくわかりました。

囚人の約六割がヤクザでした。

ヤクザの囚人は一日でも早く出世したいために、組を抜けたことにして獄中生活を送る人が多く、職員はそんな囚人を利用して、囚人頭に祭り上げます。それにより、工場内の統一が取れますし、秩序のようなものが生れます。

これを看守は利用します。少ない人数で効率よく作業を進めるにはそれが一番だからです。

頭に嫌われると、獄中生活は地獄です。

頭に逆らうと、食事当番によっておかずが奪われ、ほとんどありません。例えば、草鞋のような豚カツが出ても、塊なしで、脂身だけしか食べられません。

私も最初の一年半はいつもそうでした。それに、尻を拭く紙が半分になります。

囚人の等級

また刑務所では、各囚人は等級で区別されています。

入ったばかりの囚人は、四級でなかなか三級には上がれませんが、三級になると、月に一回、百円程度の菓子が配られます。私も一年半かかって三級になりましたが、その菓子のおいしさはいまでも覚えているほどです。

娯楽も一応あります。月に一回、映画鑑賞会があり、年に一回カラオケ大会があります。

カラオケ大会は各工場から一名代表が出て、競い合います。五人編成の生バンドをバックに歌うのですが、それは見事なものでした。

ある工場の人が、松尾和子さんの『再会』（一九六〇年大ヒット曲作詞佐伯孝夫・作曲吉田正）を歌いましたが、観衆のなかからシクシク泣き声が聞こえ、その泣き声は、次第に囚人全員の心に沁み渡っていきました。

その男は何者かはわかりません。組関係の殺人犯かもしれません。エリートの知能犯かもしれません。しかし、誰もが家族や愛する女と目に見えない命の絆を握りしめ、自分が犯した罪を忘れ、折からの吹雪のなか、それぞれの思い出を涙という形で流したのでしょう。

七七三番の囚人として、一生忘れることのないカラオケ大会でした。

刺客

そんな三重刑務所の生活のなかで、私がもっとも命の危険にさらされたのは、年一回の運動会で、第七印刷工場の体育委員長という役についた時のことでした。

運動会は、各工場の「おやじさん」たちと工場の仲間のお祭りです。

第七工場は、何年も優勝が続いていました。まさに常勝軍団という状況のなかで、私が監督になったのです。

しかし、もともとはヤクザの集団です。私の言うことなど聞かず、練習もあまりしない毎日でした。その結果、運動会は二位に終わり、「おやじさん」の面目をつぶしてしまったのです。

委員長であった七七三番に責任を取ってもらおうと、娑婆にいる関東のやくざ者の頭が刑務所内の私に刺客を放ったのです。

私がそれを知ったのは、風呂のなかでした。

「おい、気をつけろよ。今度の運動の時間にお前さんの命を狙っているヤツがいるらしいぜ」親しい仲間がそっと耳打ちをしてくれたのです。

しかし、たかが運動会に負けた程度で、と私はたかをくっていました。

その時がついにやってきました。

運動の時間に看守が目をそらした隙に、関東のヤクザで第七印刷工場の頭を先頭に数十人が無言で近づいてきたのです。他の囚人は見て見ぬふりです。誰も止めることはできません。相手は、殺しのプロですから。

こちらも腹をくくりました。どんなことがあっても、その頭だけは道連れにしようという覚悟でした。

五メートル、三メートル、一メートル…。頭の目つきも獣、私の目つきも獣、その一瞬のにらみ合いが起こした静寂に看守が気づき、笛を吹きました。

ピーッ、ピーッ。

その音が運動場いっぱいに響いた後に何かが起これば、全員が処罰を受けます。とっさに何もなかったような振りをして、全員が散らばっていきました。私は最初の危機は、こうして何とか乗り越えました。人間、勇気があればなんとかなるものです。

数日後、第七工場の技官に呼び止められ、聞かれました。

「七七三番、出所したら、何をするんだ。身元引受人は清川虹子さんだよね」

「出所後は、また役者人生をやりたいと思っています」

「そうか、ただな、いまの工場の雰囲気だと、お前さんは五体満足では出所できない感じがする。私が工場内の長老に相談してみようと思う。その代わり、この工場を出て、ほかの工場で働くことになるがいいね」

私は黙って頷きました。

それからは口では言えないほど、いじめられましたが、負けてたまるかという気持ちで、自分自身を守りました。

たしかに、このままでは五体満足で出所できないかもしれません。すると、十日後、技官の言った通り、私は別の工場に移ることになり、少し安心しました。

和解

ほかの工場に移る日の昼休み、なぜか私の送別会を行うと言われました。普通、刑務所内での送別会は囚人仲間が出所する時に、歌を歌って別れを惜しむのです。なぜ、俺のためにそんなことを、と思いましたが、逆らうわけにいきません。私は覚悟を決めて、出席しました。

思ったより友好的で、送別会では特に事件も起こりませんでした。

送別会が終わって、私を目の仇にしていた頭とツレションになりました。すると、突然、頭がこう言ったのです。

「いろいろあったが、悪かったな」

「いいえ、私も先輩の顔を立てずに、申し訳ありませんでした。問題の責任は私にあります」私も素直にそう言いました。

「俺は、あと三回冬を越すと出所するが、お前は」

「うまくいけば、今年の冬で終わりです。長い間、ありがとうございました」そう言って頭を下げると、私の手を握り、お互いにがんばろうな、と言ってきました。その手のぬくもりは、人間の血が通っている温かさでした。短い会話ではありましたが、分かり合えた感じがした瞬間でした。

ほかの工場の人が迎えに来てくれて、私は石鹸箱とタオルを持ち、五十メートルの廊下を歩くと、頭が拍手をしてくれたのをきっかけに他の囚人たちも無言で拍手をしてくれました。私は深々と頭を下げました。

いろいろあったけれど、自分自身に勇気を与えてくれた三重刑務所第七工場、本当にありがとう。心を磨かせてくれ、男にしてくれて、ありがとう。私はこの工場での出来事を一生忘れまいと心に誓ったのです。

どんな職業の人間でも、力のある人間に刃向かうと危険が伴います。そのリスクを恐れずに命を賭ける。それが、ひとりの人間を大きくしてくれる。また、覚悟が決まると、人の情けも見えてくることが、身をもってよくわかりました。

それから数日後、清川さんが面会に来てくれました。その際、刑務所の職員や囚人仲間にも大量の差し入れをしてくださったおかげで、みんながとても喜んでくれ、本当に感謝しています。

「悪役俳優、地でいく」の終了

刑務所はきついです。特に芸能人の場合は、娑婆でかなりいい目を見てきただろうというやっかみがあって、いじめもかなり本格的です。

一日も早く仮出所するためには、職員にたてつかないこと。知ったかぶりをしないこと。運動時間には意識して体を鍛えること。家族や子供が待っていることを忘れないこと。これが、刑務所での心得です。一に辛抱、二に辛抱、三に辛抱、辛抱、辛抱……。とにかく耐えることです。

「吐いた唾は、二度と飲めない」この言葉は、裁判の時も、刑務所にいた時も、なるほどな、と納得したもので
私はこうして昭和五十六（一九八一）年九月、三十六歳で始まった刑務所生活を終了しました。

映画で言えば、企画製作・東京地検、プロデュース・渋谷警察署、監督脚本並びに主演・森幸子の彼氏の中田某、助演男優・大辻慎吾と村田さん、助演女優・森幸子で、タイトルは『悪役俳優、地でいく』です。この映画は、昭和六十一（一九八六）年四月二日、四十一歳の時に撮影終了になりました。

新たな別れ

刑務所を晴れて出所した私は、すぐに清川さんの家に向かうべく、上京しました。

午後に東京駅に着き、清川さんに連絡を入れると、たまたま清川さんは舞台公演の休日だったので、自ら私の出所祝いの御馳走を作って待っていてくれました。それに、友だちまで呼んでくれていました。

「お帰り、大辻君。まず、お風呂に入って、刑務所の垢を落としてきなさい」

清川さんはそう言うと、私を風呂場まで案内してくれました。

風呂から上がると、清川さんがお祝いの前にどうしても話しておきたいことがあるから、私の部屋に来なさい、と言うのです。

出所祝いの前に、なんだろう?

その話とは、私にいつも手紙をくれ、面会にまで来てくれた畑中みどりさんのことでした。そう言えば、今日の集まりに彼女の姿はありませんでした。清川さんは、こう言ったのです。

「大変申し訳ない話なんだけど、実はあなたの弟子のむらせ君とみどりさんが付き合っているようなの。だから、大辻君、あなたは彼女のことをあきらめてくれませんか」

「え！」

私は驚いたのを通り越して、ただ茫然となってしまいました。

畑中さんとは、私が出所する一週間前に出所後の衣類とともに手紙が添えてありました。

そこには、そんなことは一つも書いてありません。

それになにより、私が刑務所にいる間、毎日のように手紙をくれ、刑務所内でも話題になっていたそうです。

むらせのヤツ！でも、そんなこともあるか。ぽっかり空いた畑中さんの心のなかに、むらせのやさしい言葉が染みたんでしょう。

男と女のことは、他人にはわからないが、惹き付け合う何かがあったのでしょう。

清川さんは「私の監督不行き届きだったわ」と言って、頭を下げました。

「清川さん、頭を下げるのは僕の方です。それに、これは仕方がないことだと思います。清川さんには刑務所で大変にお世話になり、みどりさんには毎日のように手紙をもらいました。みどりさんが幸せになるなら、僕も幸せです。これも運命です」

「本当に済まない。私の弟子であり、大辻君の弟子になった男が人の道をはずすなんて…。じゃあ、いいね。これでこの話はおしまい！」

私は清川さんと、みんなが待っている部屋に戻り、清川さんの乾杯の音頭で、私の出所祝いがはじまりました。五年ぶりに、七七三番から人間に戻った夜でした。


その夜、畑中さんはいなかったけれど、むらせはその場にいました。

そして、みんなが帰ったあと、「ちょっと話したいことがある」と言って、私を近所の飲み屋に連れていきました。

私には、彼の言いたいことがわかっていたので、先に「清川さんから聞いたよ。

彼女を幸せにしてあげろな」と言いました。ところがむらせは酒が入っていたせいか、突然、こんなことを言い出したのです。

「おふくろが、彼女と付き合うことに反対なんです」

「どうして」

「あの女は、大辻がやったカスだ。そんな女と結婚したいのかって言われた」

私はカーッとなり、むらせの頬を平手打ちしました。

「もう一度言ってみろ！何がカスだ。俺とみどりさんは、一度も男と女の関係はないよ。それはお前がよく知っているだろう。はらわたが煮えくりかえっているけど、いいか、お前は普通の人間がやってはいけないことをやったんだよ。人の女を取るなんて。それればかりか、その女をカス呼ばわりする。お前やお前のおふくろの方がよっぽどカスだ。いいか、俺がどんな思いで刑務所にいたか考えてみろよ。彼女が支えだった。だが、いまはそれを恨んでいるんじゃない。お前はね、俺の弟子だ。弟子が俺の生きる支えだった女をカスと呼ぶんだったら、お前は弟子じゃない。いいか、どこかで俺に申し訳ないと思っているんなら、とにかく、彼女を幸せにしてあげてくれ」

私はむらせに、この言葉を残すのが精一杯でした。

のちに、清川さんが亡くなった時、むらせと彼女を見かけましたが、男の子二人を連れていたのを見て、あれでよかったのだと思いました。


それから二、三日後に石原プロの小島克己さんに電話を入れました。

「そうか、出所したのか。おめでとう。今夜、新宿で会おう」小島さんは、そう言ってくれました。涙があふれるほど、うれしい言葉でした。約束の時間に待ち合わせ場所に行くと、

「元気だったか、ご苦労さん」と肩を叩き、獄中の汗を流せとサウナに連れて行ってくれ、その後、馴染みのクラブに誘ってくれました。何しろ、五年ぶりです。店の女性はきれいに見えました。

やっぱり娑婆はいいなあ、みんな目が輝いているよ。生きて出てきてよかった。

私はしみじみ、そう思いました。


小島さんは、出所祝いだと言って、『東京だよ、おっかさん』を歌ってくれた

のですが、これがまた心に沁みました。北海道の母のことを思い出したからです。もう、涙があふれて止まりません。

　実は、出所して知り合いに電話をしたのですが、みんな冷静で「おお、出てきたのか、また、会おう」と言うだけで、わざわざ誘ってくれる人はいませんでしたから、小島さんの好意が余計にうれしかったのです。

「大辻君、いま、誰に世話になってるんだ」

「はい、清川さんです。刑務所にいる時からずっとお世話になりっぱなしです」

「いいか、清川さんのご恩は一生忘れてはいけないよ。いまな、芸能界も変わってしまったけど、俺にできることがあれば何でも言ってくれ。なっ、俺たちは、古い付き合いじゃないか。遠慮はナシだ。おっと、そうだ、清川さんに電話しておけよ、心配しているといけないからさ」

　そうこうするうちに十一時くらいになり、私は久しぶりの娑婆の世界に酔いしれてしまっていました。そのなかで私についていたホステスが、私たちの会話を聞いていたらしく、私を知っていると言い出したのです。

「高二の時、テレビで見たことがあるわ。さっき、お話ししていたのって、あの時の事件の話でしょ。私もお母さんとワイドショーを見ていて、二人で変だなあって、話していたの」

小島さんは、彼女の話を無視して、私にこう言ってくれました。

「いいか、大辻君、俺も清川さんもお前を信じているんだから、もう過去は気にするな。これからだ」

彼女は私が何者であるかわかったので、興味津津で私のそばを離れません。それどころか、いろいろ気を遣ってくれたのです。小島さんがピアノの伴奏で、歌を再び歌い出した時に、私に向かってこんなことを言うのです。

「大辻さん、大辻さんには何か臭いがするのね。なんて言うか、人間臭さっていうか。目だけギラギラして危険な感じがする。そこが女にはきっとたまらないのよ、危ないのよ。私、二十二歳。宇都宮出身。こう見えても女子大生。名前はね、ナオミ。昼は学校に行って、夜は週三回、この店でアルバイトをしてるの、よろしくね」

私は、ただうなずくだけです。何しろ、五年ぶりの娑婆での生活。それに、若い女の子との会話ですから、何を話していいかわかりませんでした。

しばらくすると、彼女は馴染みの客が来店したらしく、席を移っていきましたが、目が合うと、客にわからないように小さく手を振ったり、視線をからませてくるのです。

小島さんが帰り仕度をしているので、私がトイレに立つと、彼女は戻り際にポケットに何かメモを押し込みました。私は、小島さんとそのまま店を出ました。

「もう一軒、行くか」

小島さんは、私にそう言ってくれましたが、

「でも、清川さんが心配していると思いますので、電車があるうちに帰ります」

と礼を述べると、「そうだな」と言って、財布から三万円を出して私の手に握らせ、「これでタバコでも買いな」と言ってくれました。

出会い

小島さんと別れ、ナオミという女性から渡されたメモを見ると、

「店は十二時に終わるので、ラーメン屋さんで逢いましょう、絶対来て！」と書

いてあります。

私は清川さんに電話を入れ、友人の家に泊まると断わりを入れ、腹もすいていたこともあって、ラーメン屋に向かったのです。

時計を見ると、十二時十分過ぎでした。

ラーメン屋に着くと、彼女はすでにカウンターに一人で座り、私を見つけると手招きをしたので、彼女の隣りに座りました。

「ここのラーメン、おいしいのよ。すいません、ラーメンふたつね」

ナオミさんは注文を終えると、私に「今晩、どこに泊まるの?」と聞きました。

「サウナでも泊まるよ」

「私のアパート、永福町なの。私の部屋に行こうよ」

彼女は、下を向いて、恥ずかしそうに言うのです。

「でもさ、俺みたいな前科者、まだムショから出て一週間にもならないんだぜ」

「危険な臭いがして、なんか放っておけないのよ。このまま別れたくないの」

「でも、君には恋人がいるんだろう。美人だし、女子大生だし…」

私は、森幸子のことを思い出したのです。彼氏がいて、そいつが俺を地獄に落とした。また、同じ目に遭うほど馬鹿じゃない、そう思ったのです。

「いまはいないわ。じあ、信用してほしいから、本当のことを言うね。私の実家は宇都宮のお米屋。三人姉妹の真ん中。私は法学部の学生で、夢は弁護士」そう言いながら、ハンドバッグから学生証を出して見せてくれました。

「女弁護士を目指しているのか。そんな立派な人は、俺みたいなクズと付き合っちゃいけないよ。俺の事件、テレビで見たんだろ」

「そこがたまらないのよ。強烈なの。私のまわりにこんな人、いないもの」

「俺だって信じられないよ。こんなきれいな女が、将来、弁護士なんて」

そうは言ったものの、私はまた女に遊ばれてしまうのか、と思いました。彼女は、ラーメンを食べると、タクシーを止め、私を乗せると「永福町まで行って」と運転手に告げました。

私もどこかで、なるようになれ、という気分でした。途中、車を止め、彼女はビールを買うためにタクシーを降りました。

運転手がこんなことを言いました。

「お客さんの女ですか。カッコいいな。何となく素人っぽさと知的な感じがして。

俺も死ぬ前にあんな女と一度してみたいな。年の頃なら、二十一・二歳。いい女だねえ。ああ、ぷりんぷりんのケツがたまんないよ。お客さん、幸せだねえ」

その会話が終わる頃、彼女はビールを抱いて戻ってきました。

「タバコもついでに買ってきたよ」

アパートに着くと、タクシー代も彼女が払いました。小島さんとの会話を何となく聞いていて、よほど金のない惨めなヤツだと思ったに違いありません。

彼女がコンビニで買ってきたビールとつまみで、とりあえずグラスで乾杯をしました。私も彼女も何のための乾杯かわからないまま、楽しくグラスを空けました。

「私、明日、学校もお店もお休みなの」

それを聞いたか聞かないうちに、私たちは獣のように愛し合いました。五年ぶりの女の匂いが私の体全体に染み込んでくるのがよくわかりました。今までの禁欲が一挙に解放され、唇を吸い、体中を触ると、私の体はまるで電気でも通ったように熱くなり、衝撃的でした。嬌声と咆哮が部屋中に響きわたる獣の営みがようやく終わった時、彼女は私の腕枕のなかで、熟睡していました。

気がつけば朝で、ふたりは一緒に風呂に入り、そこでも私はナオミさんを求めました。五年分の性欲のはけ口をナオミさんにぶつけ、何度も何度も身体を重ね、昼過ぎまで抱き合いました。

セックスを終えたあとで

「大辻さん、今日は休みだから私の手料理を食べていって。それから、洗濯するから、全部、脱いで」

洗濯機の音が心地よく聞こえてきます。自分とナオミさんのものが一緒に洗濯機の中で混ざり合っているのかと思うと、何とも言えない幸福感を感じたのです。

彼女が買い物に行くと言うので、昨日、小島さんからいただいた三万円を出しました。すると、受け取らないのです。

「私は大辻さんからお金をもらおうと誘ったわけではありません。店で会った時から、こうなると気づいていたんです。本音を言えば、大辻さんの止まった時計を動かしてみたかった…」

馬鹿な男には、十分すぎる言葉です。

部屋でテレビを所在無げに見ながら、ふと台所の方を見ると、彼女の炊事をしている後ろ姿が目に飛び込んできます。その姿を見ると、自然に涙が溢れてきました。頬をその涙が伝わった時、それを見つけたナオミさんは、私に静かに近寄り、その涙を手で触れると、

「苦労したんですね、大変だったんですね」と、また私の胸に飛び込んできたのです。

こうして一日が過ぎ、翌朝、目覚めると、彼女は学校に行く時間でした。

「大辻さん、このまま部屋にいてもいいわよ。ナオミも午後二時頃、学校から戻ってくるから、絶対待ってて」

「いや、今日はほかのお世話になった人に挨拶するから帰る」と言うと、

「これ」と言って、合鍵を渡してくれました。

私はナオミさんの家を出ると、運転免許証の再交付の手続きを取り、とりあえず清川さんが探してくれた仕事の面接に行き、採用されました。

場所は、杉並。ナオミさんの家の近くです。

清川さんは、「私の家から通勤しなさい」と言ってくれましたが、私はとっさに「友達が近所にいるから、そこから通う」とウソをついたのです。頭の中には、これでナオミさんと同棲できると思ったのです。

清川さんは本当にいい人でした。

「大辻君を信用しているわよ。あまり無理をせずに、社会の空気にまず慣れることが肝心ね。これ、当座の生活費ね」そう言って、十万円くれました。

私は、さっそくナオミさんと連絡を取り、仕事も決まった余裕で、ナオミさんのアパートに向かいました。

「じゃあ、ずっと一緒だね。やったーッ」

彼女は私の顔を見ると、飛びあがらんばかりに喜んだのです。

焼鳥屋

そんな頃、アルバイト先に私の顔を覚えている人がいました。

「堀部さん、あんた、役者だろう。俺、あんたの顔、覚えているよ。事件のこともさ、清川さんが保証人なんだって。みんな知ってるけど、口には出さないだけだ。それにさ、この間、いい女と買い物してたってね。役者はいいよなあ、うらやましいよ」

私は何も答えず、ただ俯《うつむ》くだけでした。

そんな嫌なこともあって、私は気晴らしに昔の友人がやっている焼鳥屋を訪ねました。

ぶらっと顔を出すと、その後輩は、驚いたようでした。

「あっ、大辻さん、いつ来てくれるかとカミさんと待っていたんですよ」

彼はそう言うと、私を小さな座敷に案内してくれました。後輩のカミさんも同じ劇団にいて、お互い顔を知っているので、大変に喜んでくれました。

「大辻さん、いま、どこに住んでるの。長かったよね。俺とカミさんで何回も渋谷警察署に面会に行ったんだけど、接見禁止とかで、がっかりして帰ってきたこともあったよ」

「知ってるよ。何回も差し入れ、ありがとうよ」

「大辻さんに最後に会ったのは、東京拘置所だったよね。あの時、帰りながら、二人で涙が止まらなかったよ。公園に行ってさ、一時間くらい、空を流れる雲や風に動く樹木の枝を見ていた。俺の病気を治すために。銀座の街の中を素っ裸で走り抜けた人だもの。もし、何かできることがあれば、何でも言ってください。俺の命の恩人なんだから」

後輩もカミさんの雅子さんも、続けます。

「こうして小さいながら店を持って幸せに暮らしていけるのもみんな大辻さんの助けがあったからです。主人の命を助けるために恥ずかしい思いをさせ、言葉では言い表せない…。大辻さんは私たちにとって神様みたいな人です」

私は黙って聞いていましたが、こんな提案を彼らにしたのです。

「実はね、相談があるんだ。俺も焼鳥屋になれないかなあ。店なんてことは言わねえ。屋台でいいんだ。お前たちを見ててさ、俺も働きたくなったんだ」

後輩は、すでに私が何か頼みがあるだろうということは予測していたらしく、

「大辻さん、その話は俺に任せてくれ。そうだよ、大辻さんなら何でもできるよ」

「でもさ、屋台の器具を一式揃えるとなると、どのくらいの金がいるんだ」

「はっきり言います。百万はかかります。でも心配しないでください。そのお金は一切、俺に任せてください。それが俺の大辻さんへの仁義です」

「無理しているんじゃありません。主人と前々から話し合って、用意していたお金があるんです。子供もいないから心配しなくても結構です。それよりも早く、焼鳥の焼き方を覚えた方がいいですよ。そうしているうちに、主人が道具も揃え、場所も決めてきますから。お陰さまで、主人は以前と比較してずっと人間的にも大きくなりました。大辻さんのパワーをいただいたんだと思っています。もう昔の泣き虫の主人ではありませんから」

奥さんも、熱く語ってくれました。

　私もとてもうれしかった。

「じゃあ、その言葉に甘えさせてもらいます」

「そんな…。でも、差支えなかったら、いま、どこに住んでいらっしゃるかだけでも教えていただけませんか。噂では獄中結婚したって…」

「いや、実はいま、永福町で、女の人に世話になっているんだ」と私が言うと、奥さんが「その人と会わせてください」と言うのです。

私はナオミさんにその旨を電話しました。すると、彼女は「いますぐに伺います」と言ってくれ、後輩はすぐに店じまいをしてしまいました。

「今日は出所祝いと開業祝いだ。パーっとやろう」

　後輩夫婦は、浮き浮きとその準備に入ったのです。私のその時の気持ちは、もうそれしかないと思って、また、なるようになれ、という心境だったのです。

　ナオミさんは、私が焼き鳥屋になると聞くと、

「私は大辻さんがどんな仕事をしようが、ついていきます。命がけなんです。だから、ナオミを捨てないでね」

　お金や屋台の保証人のことで自分が役に立ちたいと言い出したナオミさんのけなげな姿を見て、後輩夫婦は涙を流しながら、それは私たちがやると、説得していました。昔のストリーキングの話を聞いて、ようやくナオミさんが根負けしたようでした。

第五章　焼鳥屋「一代」開業

妊娠

後輩が手配してくれたお店の店頭を借りて、屋台の焼鳥屋を始めました。

自分でも、焼鳥屋商売に向いているようでした。

お客さんと一対一の商売なので、私は、話をすることから始めました。もちろん、焼鳥一本一本を大切に焼きましたが、特に子供さんを大事にしたんです。その成果が次第に上がり、商売もうまく回転し始めました。

ナオミさんもアルバイトを辞め、学校と私との生活を大事にしていました。私は毎月の売り上げから、少しずつお金を返し、八ヶ月で屋台の開業資金を返済し終え、また少しずつですが、北海道の母への仕送りもできるようになったのです。

ナオミさんも四年生になり、司法試験の準備にかかっていました。彼女の冬休みを使って、北海道の母にも会いに出かけました。

その報告もあるので、私は清川さんの家に行き、そこで初めて彼女を清川さんに紹介したのです。清川さんは、心から「よかった、よかった」と喜んでくれました。

その時、清川さんが彼女に言ってくれた「大辻君を頼んだわよ」という言葉は、忘れません。

そして、私にはこう言いました。

「大辻君、がんばっているね。こんな素敵なお嬢さんを泣かしたらバチが当たるよ。将来の弁護士さんだもの。ああ、それからね、私の個人的な意見だけど、あなたは役者に戻らない方がいいと思うの。だって、役者の奥さんって、大変だもの。気苦労が多くてね。役者は一本いくらの世界でしょ。仕事がなければ食べられない。歌手だったら、ヒット曲があれば十年は食べられるけど」確かに、そうだと思いました。

彼女がたとえ弁護士になって忙しくなっても、私に仕事がなかったら、必ずギクシャクすることは目に見えています。きっと、毎日、荒れて、酒ばかり飲んでいたら、喧嘩も絶えないでしょう。

「実はね、大辻君のカムバックの話が時々、私のところに来るの。いままで黙っていてごめんね。確かに、いろいろな経験を積んだから、いい味を出せる役者にはなれそう。でも、こうしてお嬢さんを見ていたら、何だか大辻君はカムバックしない方がいいような気がするのよ」

清川さんに言われるまでもなく、私は直接、小島さんから何本かの仕事の依頼を受けていました。所属事務所も決めてくれましたが、ナオミさんには何も言っていなかったのです。なぜなら、いまの小さな幸せを大切にしたかったからです。

しかし、ナオミさんは清川さんにこう告げました。

「私は大辻さんを役者に戻したいのです。それが私の本心です。恩ある清川さんにお言葉を返すようですが、大辻さんを見ていると、このままで終わるような人ではないような気がするんです。本人は何も言いませんけど、心の底では役者人生で終わりたいという気持ちだと思います。一緒に暮らしてみて、わかるんです」

彼女は、思いのたけをすべて告白するように続けました。

「生意気な女だと思うでしょうけど、本人が役者人生に戻ると決めたら、私はどんな苦労にも耐える覚悟です。もちろん、経済的な援助もできますし、他の女と浮気をしても我慢します」

そして、こんなことまで話し出したのです。

「私は大辻さんにひとつだけウソをついていることがあるんです。それは、実家に頼んで、小さな家を一軒、持とうとしているんです。最初は宇都宮の両親も驚いていましたが、私があまりに一生懸命話すものだから、頭金ぐらいは出してやる、と言ってくれました。それも、大辻さんが役者人生に戻るための布石になると思います」

清川さんも私も、この話にはただ驚き、何も反論できませんでした。

私は彼女が清川さんに熱く語る横顔を見ながら、「ああ、俺はいつかこの女に命を取られるな」と思いました。

あとで清川さんに聞いたら、私と同じ思いだったそうです。森幸子には、犯罪者にさせられ、今度は殺される。

女って、男をどうにでもできる恐ろしい生き物ですね。

やがて、司法試験がいよいよ間近に迫ってきた時、彼女の身体に異変が生じました。

私の子供を宿したのです。その頃、彼女は私のことを「一雄」と呼んでいました。

妊娠していることがわかった彼女は、私に宣言しました。

「一雄、私は絶対、子供を産みますから」

しかし、私はしょせん前科者です。そのうえ、彼女は将来、司法の世界で生きる女。私は考えに考えて「今回は堕ろしてくれ」と頼みましたが、「嫌だ！」の一点張りでした。

そして、あとは泣くばかりでした。

私は最後の切り札を切りました。

「俺は役者人生に戻るよ。子持ちの役者での再出発はしたくない。売れてから、子供を作ろう。だから、今回だけは、堕ろしてくれ」

その一言しかなかったのです。

彼女は、しばらく考えて「わかりました」と言ってくれました。

別れ話

私は、やはり、獣でした。

彼女は、体も心も傷つき、さらに初めて宿した子まで堕ろす。そんなことにしてしまったのは、すべて私の責任でした。

まだ二十三歳の女性が、私に騙されたも同然でした。

正直言えば、私は子供が欲しかった。だが、前科者の子供としてずっと生きていかなければならない生まれてくる子のことを考えると、産めとはどうしても言えなかったのです。

そんな悪夢のせいでしょう、彼女の一回目の司法試験は不合格でした。

しかし、彼女は無事に大学を卒業し、二度目の司法試験合格をめざすことで、少し元気を取り戻したようでした。

それにも清川さんの強い力添えがありました。

清川さんには息子さんが二人いましたが、娘さんがいなかったので、ナオミさんを大変かわいがってくれました。女同士ということもあり、女にしかわからないところを感じ取り、彼女の精神的な支えになってくれたようです。

私ができることと言ったら、商売の焼鳥屋が終わると、すぐに家に戻り、炊事や洗濯をすることとぐらいのことですが、それでも彼女の勉強の手助けにはなっていたかもしれません。

そんなナオミさん中心の生活が一年続きました。

私の商売も、思ったより順調で、千葉の館山に十日間ほど遊びに出かける余裕も生まれました。もちろん、そんな時でも、ナオミさんは夜になると猛勉強をしていました。

その甲斐があったのか、彼女は二回目の司法試験になんと合格したのです。その結果を二人で清川さんに報告に行くと、大変に喜んでくれ、清川さんがとても大事にしているものを彼女に手渡してくれたのです。

司法試験に合格した彼女は、当然、両親にも報告しました。その際、これからのこともあるので、彼女は私のことを、過去を含めて全て両親に打ち明けたのです。

　父親は烈火の如く怒ったそうです。そりゃあ、そうでしょう。他人から見れば、私とこれから一緒に生きていっても、彼女にとってマイナスにこそなれ、プラスに働く要素は何もないのですから。

「お前はバカだ、大バカだ。そんな娘に育てたつもりはない！お前には輝かしい未来があるんだぞ！」

　彼女が口答えをするたびに、父親は彼女を殴ったと言いますから、その怒りは尋常ではなかったのでしょう。

　しかし、母親は反対しませんでした。

「お前がそこまで思っているのなら、お前の好きなようにすればいい。私も女としてお前の気持ちがよくわかる。これから山あり谷あり、茨の道が続くかもしれないが、お前が決意したのなら、後悔せずに命がけでその男のために生きるのよ。その男を立派な役者にするのがお前の人生だからね。惚れた男に尽すなんて…。私はお前が羨ましい」

　しかし、私と彼女は、これからあとの人生について、二人で話し合っていました。

私の心の中には、この前科者が、いつか彼女の足を引っ張るような気がしてならなかったのです。彼女が弁護士ならいいが、検察官や裁判官になった時、夫が強姦致傷の罪で実刑を食らっていて、よいわけがないからです。

十七歳の時、おにぎり三個と鞄一つで津軽海峡を渡ってきた「やん衆かもめ」。そんな俺を救ってくれ、男にしてくれた江藤洋子さん。私の獄中生活を支えてくれた畑中みどりさん。そして、いま、ナオミさん。考えれば考えるほど、私は幸せな男なのですが、いまの彼女とはあまりにも住む世界が違いすぎます。

彼女の父親が言った言葉が身にしみます。

前途がキラキラ輝いている彼女と、前科者の焼鳥屋。

ここまではなんとか一緒に歩いてこられた道が、目の前で明らかに二つに分かれているのがわかりました。

彼女が右に行けば、私は左。

彼女が左に行けば、私は右。

これから先の人生、二人で歩くことはできない。

人生の分岐点が、そこまで来ている。

そんなことを考える毎日でした。


考えに考えた私は、ある日、彼女が私の作ったスパゲティを食べている時、ふと、言葉にしてしまったのです。

「俺と君の人生は違う。俺だって別れたくない。しかし、生きていく人生があまりにも違いすぎないか」

彼女は、いきなり私の胸にフォークを突き刺しました。抵抗はしませんでした。これでいい、と思ったからです。これは俺が自分で刺したんだ。ナオミさんが突き刺したのではない。私自身が自らフォークで自分の胸を刺したのだ。

私の胸から流れる鮮血を見て、正気に戻った彼女は自分自身に驚き、台所からあわててふきんを掴むと、傷口に当て、「ごめんなさい」と泣き崩れました。

「いや、これは俺が刺したんだ、いいな」

彼女は私の胸に顔を寄せたため、血と涙で凄惨な形相になっていました。その顔で、彼女はこう言ったのです。

「私は別れたくない。私の夢はどうなるの」

「これでいい、これでいいんだ。俺と別れろ」

「一雄さんはずるい。私の体は一雄さんが作ったんです。女の悦びも教えてくれた。それだけじゃないわ。二人で肩寄せ合って生きること、二人の小さな幸せ。その全てを忘れ、明日から私はどう生きればいいの？　遊びだったのなら、なぜもっと早く別れてくれなかったのよ！」

私は傷をふきんで抑えたまま部屋を飛び出し、後輩の店に行き、酒を飲み始めました。

幸い、血は止まりました。ワイシャツの血を見た後輩は、私に喧嘩でもしたのかと詰問します。

私は事情を話しました。すると、後輩の奥さんが彼女に電話を入れ、駅まで迎えに行ったようで、やがて奥さんに抱きかかえられるようにして、店に入ってきました。奥さんは蒼い顔で私に言いました。

「店に来る途中、だいたいの話を聞きました。大辻さんは私の主人の恩人ですけど、今日ははっきり言わせてください。あなたは、女心がわからないのよ。だから、刑務所に入ったりするの。みんなを裏切ってるのよ、いつも。真実だ、真実だって言って、でも裁判では負けたじゃない。女心はね、悪魔なの、魔物なのよ。女はね、理性と感情が別なの。大辻さんに抱かれたのに訴えたあの女は、最初はそんなつもりはなかったのに、結局は元の彼を選んだでしょ。私だって、そうしたかもしれない。でも、この子は違う。なぜ、それがわからないの。男は馬鹿よ。だから、女は死んでも化けて出るのよ」

「おい、お前、いい加減にしろよ」

　後輩がたしなめました。でも、言い出したら止まりません。

「今夜ははっきりと言うって言ったでしょ。あなたは黙っていてよ。大辻さん、何が前科者よ。無実じゃなかったの。刑務所に入る前は無実だ、かわいそうだと同情を買っておいて、出てきたら、前科者だから惚れちゃいけない？笑わせるわね。誰にだって、過去はあります！」

「もういい加減にしろ。お前に女の気持ちがわかるように、俺には男の気持ちがわかる。この馬鹿野郎。俺たちがどん底でどうにもならない時に、励ましてくれたり、勇気づけてくれた大辻さんに、そんなことを言っていいと思っているのか。それからよ、大辻さんの前で、前科者とか刑務所のことをもう一度言ったら、俺はお前と別れるぞ」

するとと、奥さんは、呆れたようにこう言いました。

「ああ、やだ、やだ。大辻さんは疫病神だ。ナオミさん、あんたも飲みなさい。こんな話のわからない男より、お酒の方がよっぽどいいよ」

彼女も泣きながら、飲みはじめ、あっという間に赤い顔になりました。

奥さんは、今度は怒りの矛先を彼女に向けました。

「ナオミさん、俳優っていうのはね、女を持ち上げて、女に惚れさせる。貢がせる。女優だって、男をさんざん利用してのし上がっていくの。あなた、わかるでしょ、三代目大辻司郎さん。ねえ、大辻さん、だったらさ、ナオミさんを利用すればいいじゃないか。これだけ惚れさせたんだから。ナオミさん、あんたにそれだけの度胸があるかい?大辻さんが売れたら、あんたは捨てられるよ。それでもいいんだね。男っていうのは、身勝手で、わがままで、平気でほかの女を抱くのよ。まして、役者だもの。もう一度聞くけど、それでいいんだね」

さすがの私も、これには大声で反論しました。

「確かに芸能界で生きていく以上、男は女を、女は男を利用する。そして、そんな先輩を見てきたけど、それで本物の芝居ができるかい？俺は本物の芝居がしたいんだよ。俺は女を利用してまで、俳優なんかになりたくないや！」

すると、奥さんは私の頬を平手打ちしました。

「あんたはね、獣になれないね。そんなヤツが役者になんかになれっこない。カッコつけないでよ。この女たらし。このままじゃロクな人生を送らないよ。女心もわからないヤツが、何が本物の芝居よ。これじゃナオミさんがあまりにもかわいそうじゃない。普通のお嬢さんがあなたと出会って、身も心もバラバラじゃない。全責任は、大辻さん、あんたにある。あんたはいつか、女に殺されるよ。今夜はナオミさんをうちに泊めるからね」

そう言って、ふたりで出ていきました。

私と後輩は、ただ黙って酒を飲んでいました。

後輩の奥さんが俺に言ってくれたこと、かなり正しいです。この歳になって、

「ああ、そうだったのか」と思います。

私は、すべての面でアマチュアだったのです。もちろん、俳優としてもそうでしたが、女のことに関しては、ただその時、その時、快楽を求めて流されていただけでした。

今になって。反省しています。

以前に比べて、極端に会話が少なくなった家庭で、私は相変わらず商売に励みました。

そんな時、彼女が世田谷に家を手に入れることになりました。彼女の親も賛成してくれたそうです。

彼女の考えでは、世田谷という一等地に家を持つことで、それを足場に私を役者の道に戻そうというのでしょう。それだけ、ナオミさんの執念は日ごとに強くなっていくのが私にはよくわかりました。

龍ヶ崎へ

ある日、私は歌手の吉幾三さんが大好きだという方と知り合い、たまたま清川さんが出演している「吉幾三ショー」に案内するために新宿コマ劇場に行きました。

清川さんの楽屋を訪ねると、清川さんはその方たちにこう言ってくれました。

「これから堀部がお世話になりますが、よろしくお願いいたします」

それも、畳に手をつき、頭まで下げてくれたのです。弟子や付人も驚いて、目を丸くしていました。

「私と堀部は、ずいぶん長いつきあいなのです。ちょっとしたつまずきさえなければ、今日の舞台にも出演していたかもしれないんですよ。もう一度、お願いします。堀部一雄をよろしくお願いします」

舞台を見終わった私たちは、彼女の待つ家に向かい、ささやかな食卓を囲みました。そして、泊まっていただき、翌日、龍ヶ崎まで送っていきました。

東京から龍ヶ崎は、一時間半ほどかかるのどかな町でした。

ただ、ドライブをしながら、私の性格と龍ヶ崎の土地柄が合っているような気がして、焼鳥屋をするなら、龍ヶ崎がいいなと直感で思ったほどです。

その一方で、千葉県も好きでした。特に白浜の自然村が好きで、彼女とは一週間旅行にも行きました。彼女は、その時、実によく笑っていました。いま思い出すと、猫が魚をくわえて逃げていったというような他愛もないことでしたが、笑うということは本当にいいことだと思いました。

笑いって、何もかも吹き飛ばせますからね。

これは、私個人の考えですが、人生の九割は苦しいこと、悲しいことで、あとの一割、いやもっともっと少ないかもしれないが、楽しいことだと思います。だから、笑うと楽しいんですよ。人生でたった一割しかないんですからね。それに、笑える動物は、人間だけでしょ。

彼女は私と出かけた千葉の白浜への旅行が、私との最後の旅行になるのではないかと感じていたようでした。

世田谷の家に帰り、「家の支払いは毎月どのくらい」と聞きました。

「六万五千円ぐらい」

「俺にすれば大金だけど、大丈夫なのか」

「一雄は、余計なことを考えずに俳優に戻ることだけを考えていればいいのよ」

その言葉を聞いた時、これ以上、彼女に迷惑をかけてはいけないという思いが、溢れ出てきたのです。

そして、翌朝、清川さんに相談に行きました。

「俺、龍ヶ崎で商売をしてみたい」

私がそう言うと、清川さんはおだやかな表情で言いました。

「大辻君の好きなようにすればいいのよ。でも、あんないい子、二度と現れないからね。よく考えてごらん。私も俳優や芸人の妻を見てきたけどね、あの子は肝が据わってるよ。本物だ。女神かもしれない。そのくらいもったいないけど、それをわかったうえで、悔いが残らないように、やるんだね」

私は、この言葉をきっかけに、龍ヶ崎の町に行く決心をしたのです。どうしても、前科一犯という言葉が頭を離れないのでした。私のような者のために、前途有望な人間の道を潰すことができなかったのです。

私が旅立つ決心をしているのを知ってか知らずか、彼女は花を買ってきて、花瓶に差しながら、こんな独り言を言ったのがいまでも耳に残っています。

「花は咲いていれば人は見てくれる。枯れたらゴミ箱。私はいつまで人に見てもらえるかな」

翌朝、いつものように彼女は食事をし、出かけていきました。

私は一人になって部屋を見回し、掃除を始めました。立つ鳥あとを濁さずの心境でした。風呂、トイレ、廊下までぴかぴかに磨きあげ、花に水をやり、忘れ物はないか確認して、玄関に鍵をかけると、家に向かって深く長く頭を下げました。

そして、商売用の車に乗り込み、エンジンをかけ、東へと向かったのでした。

見知らぬ土地で

水戸街道を進み、しばらく筑波山を左に見ながら潮来街道に入りました。潮来と言えば、思い出すのが橋幸夫さんのマネージャーだった山川豊さんです。酒を飲むと、割り箸をマイク代わりに『潮来笠』を歌っていた姿を思い出します。

やっと、龍ヶ崎に着きました。前に知り合った知人に連絡を取り、借りてくれていたアパートに荷物を置き、さっそく商売の場所を探し始めました。しかし、何しろ流れ者です。あちこちの店に入り、交渉しても埒があまったくあきません。

それでも、なぜか、私には心の余裕がありました。それは、獄中で覚えた「待つ」という感覚でした。生きてさえいれば、チャンスは必ずやってくる。いつか、この龍ヶ崎で商売ができる。そして、ここで生きていく。そんな考えがあったからこそ、心のゆとりが生まれたにちがいありません。

龍ヶ崎の東に半田という町がありました。

私の目に、半田のスーパー、小林商店という看板が飛び込んできました。

飛び込んでみるものです。年の頃なら七十七・八の温厚そうなおじいさんが、私の話を聞いてくれたのです。

その答えはこうでした。

「こんな店の前でも焼鳥は売れるのかい。売れる売れないは保証しないよ。息子に聞いておくけど、やれるならやってみたらいいよ」

「売り上げの一割は場所代として納めます」

「馬鹿だね、売れるか売れないかわからないのに…。あんた、流れ者だね。生まれはどこだ」

「北海道で生まれて、東京から流れてきた者です」

「お前さん、ずいぶん苦労をしてきたろう。他人様には言えない大変な思いをしてきたぐらいのことは、俺にも想像がつく。場所代はいらない。お前さんはこの町を変えてくれそうな気がする」

そう言って、翌日、息子さんと話がうまくできたのか、「やっていいよ」という許可をくれたのでした。

こうして、半田で七年間、焼鳥屋をやることができたのです。半田の町は、どこか生まれ故郷に似て、私の第二の故郷になりました。

しかし、最初からうまく商売ができたわけではありません。

半田で店を始めて二日目、まだ誰も焼鳥を買ってくれません。通りかかる中・

高校生は、横目で見るだけです。

夜、買い物に来る客は、店の中でも売っているのに、なぜ?という顔をします。やはり、商売は場所だ、と思い始めた三日目、スーパーに入ろうとした一人の女性が、こちらにやって来ました。

「おじさん、焼鳥を下さい」

「どれがよろしいですか」

「うーん、わからないから、一番おいしいのを十本下さい」

「ありがとうございます」

私は適当に混ぜて、渡しました。

このお客さんが、もう一度来てくれたら、商売になる。

私は直感で、そう思ったので、ぶしつけにもお客さんの名前を伺いました。お客さんは、当然のことながら、変な顔をしています。

「実は、ここで商売をはじめて三日目なんですよ。そして、あなたが最初のお客さんなんです」

すると、彼女はにっこりと笑いながら、こう言いました。

「ミユキって言います。私が生まれた日は雪が降っていて、父が『雪ってこんなにきれいなのか』って、美しい雪で美雪ってつけたみたい」

そんなことを話していると、バスが停まり降りてきた数人の学生が、いつもなら横目で通り過ぎるのに、

「一本、百円だってよ」

「鳥皮っていうのはわかるけど、タン、ハツって何だ」

「ホルモンって、どれだ」と、わいわいにぎやかです。

「二度目のお客さんが来てよかったね」

美雪さんはそう言ってマイカーに乗り、河内村の方に消えていきました。

不思議なもので、最初は誰も買ってくれなかったのに、まず、中・高校生が買ってくれ、やがて会社帰りのOL、さらには買い物に来た奥さんたちと、次第にお客さんが増えていきました。

そんな中に、二時頃になると必ず「孫がここの焼鳥が好きなんで、四本下さい」と言って買いに来てくれるおばあさんがいました。おしゃべり好きなおばあさんが、ある時、こんなことを私に告げたのです。

「何年か前までは、よくテレビだか映画だかの撮影があったけど、ここしばらくはないね」

「へえー、よく見に行くの？」

「私は行ったことはないけど、息子夫婦が何回か見に行ったよ」

「撮影があるって、どうしてわかるの？」

「二、三日前から、夜になるとライトがたくさんついて、誰彼なく、『撮影でもあるんだろう』って、噂になるんだよ」

あー、そうだったな。昔はその撮影隊のなかに役者としての自分もいたのだ、と思いました。

それからひと月後のことだと思いますが、木村拓哉さんが『君を忘れない（一九九五年九月二十三日公開）』という映画のロケで一ヶ月ほど滞在したことがありました。噂は、本当だったのです。

出演者たちが休憩時に黒いベンツに乗って、私の焼鳥を買いに来ました。ファンの女の子たちがキャーキャー言いながら、「同じものをください！」と言ってくれたのには驚きました。

その中でも、共演者の反町隆史さんは、スタッフの車に乗って何回も焼鳥を買いに来てくれました。言葉遣いもていねいで、当時まだそれほど売れていない俳優のようでしたが、追っかけのファンはたくさんいました。

何回か買いに来てくれた折に、私は思わず「事務所はどこ?」と聞いてしまいました。普通の焼鳥屋がする質問ではなかったにもかかわらず、彼はさわやかに「研音です」と言ってくれました。

私は思わず、「がんばれよ」という激励とともに、焼鳥を無料にしてあげたことをいまでもよく覚えています。

その後のナオミさんからは、連絡もありません。

朝、深々と彼女の家にお辞儀をして、逃げ出して来てしまったんですから私の気持ちがわかっていたのでしょう。龍ヶ崎にいることは知っていたと思います。清川さんや後輩夫婦に聞けば、すぐわかります。

でも、動かなかった彼女の芯の強さが、よくわかりました。

「ありがたかった」というのが、その時の本音です。また、彼女が龍ヶ崎まで追いかけてきたら、今度こそ修羅場になっていたかもしれません。

私にとっては、この龍ヶ崎が、心が落ち着ける本当の故郷になりました。人はみんな温かい。こんな俺でも、仲間に入れてくれる。空気もおいしい。ああ、龍ヶ崎に来てよかったたって、いまも本当に思っています。


やがて、一年、二年、三年……。常連客もつくようになりました。

そのうちのひとりが、ある時、「親父さん、生まれはどこなんだよ」と聞いてきました。

「北海道の釧路です」

「家族はいるの？」

「わけがあって、ひとりで龍ヶ崎に住んでいます」

「米は大丈夫かい、親父さん」

「俺ひとり食べる分ならなんとでもなるが、北海道に住んでいるおふくろが心配で」

「おふくろさんひとりなら、米の三十キロもあれば大丈夫だろう。いま、米が高いからさ。送ってやるよ、住所書いて。親孝行しなけりゃ」

平成五（一九九三）年、記録的な冷夏による米不足現象が起こっていた年のことでした。彼は、みんなから「選手」と呼ばれていました。

「どうして、私に？」

「焼鳥屋の客として、二年半になるよな。この前、ちょっと話をしたら、ひと回り上なんだよな。時々さ、焼鳥屋さんの顔を見ると、寂しそうな眼をしているぜ。俺だって、そんなお人よしじゃないけど、なんだかさ、他人のような気がしないんだ。余計なお節介だろうけど、北海道のおっかさんに米を食わしてやってよ。俺も子供の頃には田んぼの手伝いをした。川に行って魚を捕ってくれば、晩のおかずに出てくる。そんな暮らしをしてきたからさ、家族とか親戚、仲間が食い物で困っているって聞くとさ、じっとしていられなくなるのさ」

あまりに熱心に言うので、北海道の住所を教えると、「気を悪くしないでくれな」と言って立ち去ったのです。

しばらくすると、母親から電話がかかってきました。「お前、今度は米泥棒か」と。聞けば、三十キロの米が送り主名ナシで届き、なかの手紙に「この米食って、長生きしてください」とだけ書いてあったそうです。

その後、わかったことですが、この「選手」さんは、最初に焼鳥を買ってくれたお客さん、美雪さんのお兄さんでした。

嬉しいですね。暖炉に温まったように心がポカポカします。

龍ヶ崎の人たちのお陰で、私の荒んだ心がどんどん和んできました。東京では味わえない「人情」が、ここには溢れています。本当にありがたいです。

焼鳥屋で私はよかったです。

気がつけば、昭和五十六（一九八一）年に逮捕されてから十数年、自分の過ちばかり責め続けてきましたが、龍ヶ崎のこの兄妹に会って、焼鳥屋という人生の再出発の勇気と自信を持つことができました。

人生相談

屋台の焼鳥屋も、日一日と客が増え、特に子供さんには人気がありました。おじいちゃん、おばあちゃん、お父さん、お母さんも店に来てくれるようになり、お陰さまで食べることに関して心配はありませんでした。

やがて、信用され始めたのか、いつしか、お客さんの悩みや心配事を聞くことも多くなりました。自分の経験や体験を交えて答えられる人間に少しずつ少しずつ成長していたのでしょうか。

そのなかで、私にとって思い出深く、忘れ難い心に残る相談がいくつかありました。

ある日、女子高校生がふたり、噂を聞いたと言って、私を訪ねてきました。

「「妊娠しているんですけど、どうしたらいいのか教えてほしい」と言うんです。聞けば、相手の男性はひとつ年上で、まだ二人とも高校生なので産めない。だから、どこか堕ろしてくれる病院を紹介してほしいと言うのです。

親に話したのか、と聞けば、「誰にも話せない。もし、紹介してくれないのなら、川に飛び込んで死ぬ」と鬼気迫る勢いで言うのです。

たとえ噂を聞いたとはいえ、見ず知らずの焼鳥屋の親父のところに相談に来るのだから、よほど切羽詰まった事情もあるのだろうと思って、私は恥ずかしながら保証人になってあげたのです。
保証人ということは、私が妊娠させたということです。取手のある産婦人科に、
彼女は、私の恋人ということで診察を受け、中絶したい旨、お願いしました。
すると、先生と奥さんから、私はものすごい叱責を受けました。当然のことで
しょう。娘ほど年下の、しかもまだ高校生の女の子をこの私が妊娠させたと信じ
ているんですから。でも、私はただ黙って、罵声を浴びるしか彼女の相談に答え
る解答は持ち合わせませんでした。
そして、翌日、彼女は中絶手術を受けに行きました。
私が入っていくと、手術台に下半身麻酔をした女子高生が横たわっていました。
そして、つぶらな瞳で私に聞くのです。
「なんで、焼鳥屋さんがそばにいるの？」
実は、医者との約束でした。先生が中絶を承諾してくれるにあたり、一つの条
件があったのです。
それは「自分の子供の命を奪うのだから、手術の最後まで見届ける」というこ
とだったのです。

私は彼女にそのことを話すと、彼女は汗ばんだ手で私の手を求め、黙ってしっかりと握るのです。怖かったのでしょう。私は、ふと、ナオミさんのことを思い出し、だんだん自分が本当の父親のような気がしてきました。

こうして手術が終わると、私は無性に悲しくなりました。医者が最後まで見届けなさいという意味がよくわかりました。勝手にセックスをしておいて、責任を取らない男のずるさ。それに比べて、男を安心させるために、こんなひどい目に遭いながら、宿った命を奪われる女。

私はいま、罰を受けていることがわかりました。

手術が終わって、その子を手術室から病室に運びました。そして、売店から買ってきたアイスクリームを、手に持ったスプーンで彼女の小さな口に含ませました。

すると、女子高生は、

「焼鳥屋さん、ごめんなさい。このアイスクリームの味は、一生忘れません。ごめんなさい、ごめんなさい」と言いながら、泣き出しました。

「謝るのは、いま手術によって奪われた小さな命に対してだよ。せっかく、この世に生れ出でようとしていたのにね、かわいそうだろ。それからね、これからも生きていくとねいろんなことがある。でも、挫けちゃだめだ。ましてのこと、自殺なんか、とんでもない。挫折しても、失敗しても、そこから這い上がろうとすることが、一番大切なんだよ」

女子高生は、私の胸でいつまでも泣きじゃくっていました。

私が生まれて初めて、女性に対していいことをしてあげた。

でも、あの先生と奥さんの罵声、すごかったです。いい年をした私が女子高生を妊娠させたって本気で思っているわけですから。

それから数ヵ月して、その子が母親と一緒に店にやってきました。彼女はすべてを話したようで、母親はただただ頭を下げるだけでした。数年が経ち、彼女は結婚し、子供も生まれたそうです。ただ、その子供たちに不思議がられていることがあるそうです。それは、子供たちにアイスクリームを食べさせるたびに、彼女が涙をこぼすことでした。

「ママ、なぜアイスクリームを食べると泣くの？」

彼女は、その時、こう答えたそうです。

「いつかあなたたちが大きくなったら、そのわけを話してあげるから、早く大きくなりなさいね」と。

そんな話を、彼女のかつての同級生から聞いたことがあります。

人生相談と言えば、また、自分でも笑いたくなるような、しかし、本人にとっては生きていくうえで、大変な悩みを聞いたことがありました。

ある時、四十五・六歳の男性客が店に顔を出し、「どうしても相談に乗ってほしい」と切羽詰った顔で言うので、聞いてあげました。

すると、その人は、こう言い出したのです。

「実は、ある男性に恋をしているんです。自分は妻子もあり、家庭も大切だが、ひとり子供を作ってからというもの、どうしても妻と性交渉ができない。第一、勃起しない。気がついた時には、部下の一人を抱いていた。焼鳥屋さん、こんなことってあるんでしょうか」

私は、真剣に答えてあげました。

「獄中で何度か聞いたことがありますが、私はそういう経験がないんです。でも、いいんじゃないですか、男が男を愛しても。恥ずかしいことではないと思いますよ」

するど、突然、彼は私の股間に手を伸ばしてきたのです。

「何するんだ、てめえ！」

私はその手を振り払いましたが、彼の股間はまるで馬のように腫れあがっていました。

男は告白し、そのうえに私の股間に触れたことで安心したのか、シナを作ってこう言うのです。

「焼鳥屋さん、今日はあたしの相談聞いてくれて、ありがと」

そのしゃべり方は、完全に女でした。

それから三年、彼はいまでも部下の男性と同棲している、と風の噂に聞きました。

その他、不倫、詐欺、警察への不信、子供の教育問題……。さまざまな問題が私のもとに持ち込まれたのでした。

焼鳥屋の赤提灯は、悩みを持っている人の交番の灯りかもしれません。

第六章　思い起こせば、いつも「女」

恩人の死

龍ヶ崎の地に移り住んで、やっと少しは人の役にも立てるような気がしてきた矢先の平成十四（二〇〇二）年五月二十四日、私のもとに訃報が飛びこんできました。

あの清川虹子さんが、亡くなられたのです。

私のことを我が子のように心配してくれ、刑務所時代もあえて保証人にもなってくれた清川さん。私の命の恩人でした。

密葬に行ってきました。家族が見守るなか、横浜の斎場の六階に横たわる清川さんの顔をただただ見続けていました。私は心のなかで叫びました。

いままで大変お世話になりました。こうして私がいま生きていられるのは、全て清川さんのお陰です。本当にありがとうございました。

そして、心を込めてご冥福を祈りました。

私の節目節目には、いつも清川さんの姿がありました。それなのに、何も恩返しができなかった自分が情けなく、ただただ手を合わせるだけでした。

通夜が二十六日にあり、告別式が翌二十七日でした。告別式も終わり、帰ろうとした私の肩をポンと叩いた人がいました。

ナオミさんでした。何年ぶりかの懐かしい顔でした。

「お茶でも飲みません?」

彼女が明るくそう言うので、近くの喫茶店でふたりは向き合いました。正面に座った彼女の顔は、自信に溢れていました。しばらく沈黙が続いたあと、私が口火を切りました。

「仕事のほうは順調ですか」

「お陰さまで毎日忙しく、息つく暇もないほどよ」

「それはよかった。いろいろ迷惑をかけてすみませんでした。ごめんなさい、月日の経つのは早いものであれから何年経ったのか、頭に浮かびませんよ。私は相変わらず、龍ヶ崎というところで屋台の焼鳥屋をやっています。その日暮らしの生活です。それはそうと、ナオミさんは結婚したんですか」

「お陰さまで結婚には縁がなくって、まだ独身ですよ。そうそう、それから私、あの家を売ってマンションに暮らしているの。港が見えるいい部屋で、晴れた日には富士山が見えるのよ」

「寂しくない？」

「大丈夫、誰かさんの思い出があるから……」

そして、おなかをさすりながら、

「ここにかつて誰かさんの命が宿っていたのよ。だから、ひとりじゃないいんです。あの時、宿った子が育っていれば、いまごろ、あの子たちと同じ年頃ね」

喫茶店の窓の外には、学校帰りの小学生や中学生がワイワイ言いながら、通り過ぎていきました。私に忘れかけていた過去が蘇りました。そして、つくづく、自分は無責任な男だと思いました。

「一雄さんは、一人ですか」

「こんな男、誰も相手にしてくれませんよ」

「まだ過去を引きずってるの？」

「そうだよな。あれからもう十年以上経ってるんだからなぁ……」

「北海道のお母さんは元気？」

「ちょっと足を悪くしているけど、元気です」

「私、いまでも忘れないわ。ほら、北海道のお母さんがラーメン作ってくれたじゃない。あの味、おいしかったぁ。ああ、一雄さんのお母さんって、なんてやさしい人なんだろうって思ったもの。それから私ね、一雄さんと二人で行った館山に、年に一度一人で行くの。年甲斐もなく恥ずかしいけれど、一雄さんが買ってくれた水着を着て、砂浜に横たわっていると、波の音が青春の思い出を運んでくれるのよね。なにしろ、男の人から生まれて初めてプレゼントされた水着だから、うれしくもあり、恥ずかしくもあったのよ。これから何回、海に行くかわからないけど、この水着は大事にしようって思っているの。それって、子供っぽい？」

「いいんじゃない。また縁があったら、ふたりで海に行きたいね」

「おなかが出ても？」

　ふたりは笑い合いました。

　帰り際にナオミさんの名刺を渡され、裏を見ると、自宅の住所と電話番号が書いてありました。

「男一人で暮らしてるんでしょ。病気とか何かあった時に連絡してください。一雄さん一人ぐらいなら、十分に食べさせられるぐらいの女に成長したの。時には恨みもしたけど、いま、こうして生きられる力を与えてくれたのも一雄さんのお陰です。いまでもアルバイトの店で出会った時の第一印象は忘れられません。一緒に暮らしたあの時間は、私の心の財産です」

それに、こんなことも言いました。

「私、いい女だから、言い寄ってくる男性もいるけれど、一緒に生活した時間の印象が強烈で、ほかの男性には目が向かないんです。寂しくなった時は、昔のふたりの写真を見て、思い出を抱きしめて安らかに眠ることができるの。それが、私の毎日」

「…………」

「そろそろ時間なので、これで失礼しますね」

「それじゃ、駅まで一緒に行くよ」

外に出ると、雨でした。二人で傘に入るのも十数年ぶりか。何気なく差し出した私の傘を持つ手にナオミさんの手が触れました。そのぬくもりは、昔と一緒でした。

電車がホームに着き、ナオミさんは一番後ろの車両に乗り、最後の握手をしました。その時、彼女は小さいがしっかりした声で、こう言いました。

「私、待っているから……」

私は、ナオミさんを乗せた電車が見えなくなるまで見送りました。

もう会うことはないだろう……。

私は、そう思いながら、帰途についたのでした。

生きること

津軽海峡を渡る時、おにぎり三個と「へその緒」を持って、内地にやってきた時の気持ちはどこに行ったのだろう。

夢に抱いていた役者という職業に挫折した私は、いったい何のために生きてきたのだろう。

しかし、私はその反面、いろいろな人たちと出逢い、助けられて生きてきた。

時には、温情を示してくれた人たちを裏切り、その結果が天罰という形でこの身にふりかかり、こんな人生を送ることになったと思う。

いったい、私という人間はなんだろう。

自分がよくわからないかわりに、他人の相談に乗ったりして……。

でも、いまの私の気持ちを素直に書いておこうと思います。


金はあったほうがいい。

家もあったほうがいい。

ただ突っ張って生きてきた人生だけど、いつも心のなかにある「ありがとう」という言葉だけでも忘れたくない。

私をこの世に誕生させてくれた、おふくろ。

生きることの大切さを教えてくれた、北海道の大自然。

片道の電車賃しかもらえず、行商に行き、お金の大切さを嫌というほど教えてくれた厳しい生活。

そして、私ごときのために道を拓いてくれ、京都撮影所で私を見て「立派になった」と言って喜んでくれただけでなく、問題が起こるといつも助けてくれた清川虹子さん。

「人間、時には仕事ができなくなることもある。病気になることもあるし、自殺という道もある」と言っていた二代目大辻司郎さん。

私の身勝手で、この世に生れて来なかった水子たち。

本当にありがとうございました。

気がつけば、残り少ない人生の岐路に立ったが、これから新しく芸能界で生きていく人たちにとって大切なのは、自分一人では何もできないということを知っておいてほしい。

それに早く気がついた人は、どんな仕事であろうとも、夢を実現できると思います。

人間、成功したからと言って、それは何年も続かないものです。

私が俳優として少しずつ人気が出てきた時、私が三重刑務所に行ったように、人生はどこに落とし穴がいくつあるか、わかりはしない。

人間が平等なのは、どんな人間でも灰になり、土に帰るということ。それだけは確かです。その灰になり、土に帰った魂を供養するということは、何も仏壇の前で手を合わせることだけではなく、思い出してあげて、心で相手を思うことだとわかってきました。

私に短い手紙を残し、「幸せでした」とだけ書いて、あの世に逝ってしまった洋子さんのことを思い出します。

どんな方でも、死ぬ一歩前までチャンスはあるはずです。

ですから、最後の一秒のチャンスでも、それに向かっていってほしい。

人は人生の生きざまを語るものではない。

また、見せるものでもない。

見えるものだから。

すなわち、自分にウソをつかず、自然体で生きること。

そして、己のリスクを背負っている人間ほど重みがあり、負けてたまるかという気迫が人に伝わるものなのでしょう。

だから、さよならだけが人生ではないと、言えるのです。
それから、私が人生を賭けて得た教訓を最後に書いておきましょう。
男は女にモテるのではなく、女に遊ばれているのです。

エッセイ・詩

劇団　三遊亭鳳豊

私の話のなかに、一年半ほど前に「命の花見」という人情噺があったのをご存知でしょうか。茨城県の龍ヶ崎で焼鳥屋さんをやっていた元東映の俳優、大辻慎吾さんと筑波大学を定年になった松本肇さんという元教授が、上野公園で花見をしながら、「人生、もうひと花咲かせよう」と、お芝居をやろうと決心した話です。

今日の話は、その続きです。

芝居をやろうとしたって、そう簡単にはできない。

いったい、どこでやるんだ。稽古場はどうする。小道具は？

それこそ、七十歳を過ぎた老優がセリフを覚えられるだろうか。不安は募りましたが、俳優の仕事のほうは大辻さんに任せ、松本先生、自転車で龍ヶ崎市内を周り、地域のコミュニティ・センターの和室を予約しました。そして、そこを大辻さんのひと月一回の稽古場にし、稽古を見ては「そこがおかしい」、「時間が長すぎる」、「台本と違う。勝手に筋を変えるな」とダメ出しをしました。

年上であり、なお、衰えたといえども、東映や日活で菅原文太さんや渡哲也さんとも一緒に映画に出ていた大辻さんは、おもしろくない。

「そうはいうけどよー、ここはねー」「ダメです」「ああ、そうか、ダメかなあ」でも、自分の再起のために一生懸命、自転車をこいで稽古場探しをしてくれる元大学教授には、結局は頭を下げるしかありません。

そんなある日、「大辻さん、とうとう第一回公演、決まりましたよ。場所は、龍ヶ崎文化会館小ホールですよ」と、松本先生が大辻さんの狭いアパートに駆け込んできたのです。なんでも、「どうせ無理だろう」と思いながらも申し込んだら、たまたまOKが出たというのです。

龍ヶ崎文化会館といえば、地元では知らない人がいない。演歌の大御所のコンサートだって毎年行われるホールです。大ホールに併設されている小ホールといえども、収容人数は二百五十人も入ります。普通なら、松本先生、大変な場所を予約してきてしまった、と誰でも思う。

ところが、これが龍ヶ崎の人たちの心を躍らせたのでした。

「え、あの焼鳥屋のおじさんが、ひとり芝居をやるんだってさ。行こう、行こう」という昔のお客さんもいれば、「高齢者ががんばっているのよ。応援しなくちゃ」と松本先生お手製のチラシを配ってくれる民生委員のおばちゃんも出てきた。

そして、当日、次々とお客さんが集まり、大辻さん、感激のあまり観に来てくれた人たちを全員、舞台に上げて、みんなで三本締めをしたのです。いいことは、続きますね。それからというもの、毎月毎月、ひとり芝居を続けていますと、「焼鳥屋のおじさん、僕のことを覚えていますか」とひとりの青年が訪ねてきました。

「おお、あの時のボクか。大きくなったなあ」お父さんとお母さんが目が不自由なので、小学生の頃から大辻さんの屋台の焼鳥を買いに来ていた少年が、いま、コンビニの店長になって、再び大辻さんの前に現れたのです。

「おじさん、俺も芝居をやってみたいなあ」「お父さん、お母さんは元気か」「はい、おじさんが芝居を始めたって言ったら、喜んでました。目が悪いから観られないけど」

その時、大辻さんは思ったのです。この町で劇団を作ろうと。やりたい人なら誰でもいい。演技経験なんかなくっていい。お年寄り、大いに歓迎。観る人もやる人も町の人。そんな素人劇団が町にあったら、どれだけ楽しいか。松本先生も喜びました。

するとどうでしょう。町の長老から主婦や高校生まで、劇団員の応募があったのです。その上、「もう着なくなったから使って」と大量の着物が送られてきたり、なかには、女性用のカツラまで、大辻さんのもとに届きました。

その話を聞いた地元の新聞やミニコミ誌が、次々と稽古風景を取材に来ました。こうして、元焼鳥屋さんの劇団が誕生し、第一回の公演がコミュニティ・センターの和室で行われました。

お芝居のタイトルは「息子の結婚」。ある村に外国人の嫁が来ることになって、大騒ぎになる人情喜劇です。大辻さんはハゲで、鼻を真っ赤にした酔っ払いの村長役。コンビニの店長が主人公の息子役。そして、町の長老がカラオケで鍛えたノドを披露して、大団円。たくさん集まったおばあちゃんたちが金歯を見せながら、おなかをよじって笑うかん高い声が、いつまでも、コミュニティ・センターの外まで響いていました。

友として思う　消防団副団長　岡田延也

時代は動いている。

当然のように、次世代に受け継がれていくはずだと思ったことが、葬り去られている。

それは、文化や思想ばかりでなく、人間そのものも次の世代には必要とされなくなったことでも、よくわかる。

彼、大辻慎吾こと、堀部一雄もそのなかのひとりかもしれない。

彼は過去の人生の総括に、こう書き記す。

「役者人生で死ねたら、本望です」

役者というヤツは、因果な商売だという。一度やったら辞められないとも。自称、他称を含め、星の数ほどもいる役者、ないしは役者志望の人たちに、何を言っても役者をあきらめさせることなどできないだろう。

役者という仕事は、それほどの魅力があるのだ。

だが、ここに、心底、役者を志し、そこからでしか自分の人生を始められなかった男の物語がある。

一瞬の栄光と、重く永遠を思わせる挫折、そしてそこからもう一度再起を果たそうとする姿を赤裸々に書き連ねたこの告白本は、いまも理由こそ異なれ、芸能界に憧れ、役者や歌手を目指す多くの若い人たちに、なにがしらの勇気と、道を誤らない指針となることができるかもしれない。

三代目大辻司郎、大辻慎吾。

いまは、茨城の龍ヶ崎に住み、人生最後の旅に立つ浮雲人生。

同年代を表舞台で生きた役者たちの本が、最近、相次いで出版されている。見方の違いこそあれ、いずれも功成り名を遂げた人たちの人生は、それなりに美しい。

だが、この本の著者、大辻慎吾の人生は、まるで花の蕾にも似て、あまりにも短く、しかも、咲く前に塀の中でしおれ、散ってしまった。

その美しくない人生の全てを賭けて、いま、関東・龍ヶ崎で声を上げようとしているのが、この本である。

その声をどうしても届かせたい。

役者、タレント、歌手……。芸能界に憧れるすべての若い人たちに。
その思いこそ、この本をまとめようとしたきっかけであった。

かげろうの母へ

人は誰もが、明日に太陽が昇って
希望がかすかに見えると思うが
幸せに生きられるのか
どちらに行くのか誰も知らない
母は舟に揺られるようにかげろうの
死の道を導かれながら
光の天国に招かれて行った
母よ、もう一度会って謝りたかった

母は病魔との狭間で苦しみに耐え
ただひたすら他人《ひと》を愛し続け 愛があれば立ち直れる
他人《ひと》を傷つけないと信じて
すさんだ人生を歩き、親不孝者の

息子の罪を背負いながら
かげろうが死ぬように亡くなっていた
母よ、お詫びの心を届けたかった

母が息子に残していった遺言《いごん》は
息子よ、人を愛することに
心を変えておくれと
この言葉を最後に亡くなった
だが俺は仮面を被って嘘をつき
他人《ひと》を苦しめ泣かせた俺を
かばうように命を削っていた
母よ、せめて、ありがとうと言いたかった

激流の挽歌

人生の生きているだけではだめなのさ
毎日懸命に働いて
はじめて自分の価値を知る
何もしないで生きていては
恥ずかしいだろうと怠け者よ
楽をして生きることを願う
男の春は怠惰の挽歌

身体が悪い理由を付けてよ
もう動けないと言う
身体は使わないと動かなくなるから
動かすことが苦痛になり
苦痛から逃げるように引きこもり

心から乱れ孤独になる
男の夏の激流の挽歌

親兄弟からも見捨てられ
世の中に出て働けよ
色んな景色が見えてくると
だが働く気がないお前は
就職してすぐに飽きるのさ
我を通せば同僚から嫌われ
男の秋の孤独の挽歌

生きてるからこそ働く
それが生きている証なんだ
働く心は神聖で、胸に太陽と夢を持ち
やがて死が迫り（立つ鳥跡を濁さず）

親からもらった体に感謝しながら
灯火も消え小雪降る裸電球の部屋で
男の冬の激流の挽歌

あとがき

塀の中に落ちて俳優としての命は断たれましたが、役者として生きる希望を捨てたわけではありません。

私は竜ケ崎市で焼鳥屋をやりながら生計を立て、一応の生活のめどがついてから「大辻伺郎劇団」を作り、団長として十年間毎月劇団の上演を竜ケ崎市の市営ホールで行ってきました。

この劇団の運営費を出すために夜中の二時に起きて、新聞配達を五年間続けました。身体をこわして新聞配達を止めましたが、上演したいという熱情は少しも冷めてはいません。

しかし、現実には劇団の上演がかなり減りました。

「演じたい」という情熱をどこにぶつければいいのか。

そうだ、小説があるではないか。身体で演じられなくても文字で表現できる。

私が一文字一文字「書く」作業は、自らの命を紡いでいくようなものです。本書が三冊目の刊行ですが、生ある限り書き続けます。

　本書を永遠の恋人・大辻ミエ子さん、生涯無二の親友・櫻井光一さん、恩人の今は亡き清川虹子さん、渡瀬恒彦さん、また名前はあげませんが、お世話になった全ての人にご恩返しの一端として本書を捧げます。

　ありがとうございました。

令和六年三月　新春

作家・俳優　地獄を見た男　大辻慎吾

著者紹介

大辻慎吾（おおつじしんご）
昭和十九（一九四四）年生まれ。北海道釧路市出身。日本ペンクラブ会員。十七歳の時に単身上京、俳優養成所入所。その後小川企画に所属、退社し東映映画に所属。映画出演作に「沖縄やくざ戦争」「俺たちに墓はない」「革ジャン犯行族」「恐竜・怪鳥の伝説」「谷崎潤一郎原作『痴人の愛』よりナオミ」。テレビ出演「大都会」「西部警察」「非情のライセンス」「探偵物語」「桃太郎侍」「猿飛佐助」「判決」。舞台出演「女侠一代」「サザエさん」「鳴門秘帳」。日本人俳優初のストーリーキング。三代目大辻伺郎襲名を清川虹子さんの助言で大辻慎吾と改名。女優清川虹子さんは芸能界の親代わりで命の恩人。毎月竜ケ崎小ホールにおいて劇団「大辻伺郎」の公演を続けている。

新赤落ち

2024年4月12日　第1刷発行
著　者　大辻慎吾
発行者　小林和光
発行所　創開出版社
〒277-0005
千葉県我孫子市我孫子4-25-13
TEL 04（7192）8684　FAX 04（7192）7659
印刷製本　モリモト印刷株式会社

ISBN978-4-921207-21-2